Kalter Rauch

Für Günther,
meinen geliebten Vater

Suzanne Réko

Kalter Rauch

Jakob Valer Noaks heißester Fall

Bibliografische Information der Deutschen Bibliothek:
Die Deutsche Bibliothek verzeichnet diese Publikation in der
Deutschen Nationalbibliografie; detaillierte Daten sind im
Internet über
<http://dnb.ddb.de> abrufbar.

Titelbild: © Claudia Reinthaler
© 2005 Suzanne Réko, Markkleeberg 2005
Herstellung und Verlag: Books on Demand GmbH, Norderstedt
ISBN 3-8334-3335-3

Er konnte das Klirren ihres Schlüsselbundes hören, bevor sie den Schlüssel ins Schloss steckte und ließ den Whiskey in seinem Glas mit lockerem Schwung kreisen. Als sie die Tür aufstieß, nahm er einen genüsslichen Schluck, lehnte sich danach in den ledernen Armsessel zurück und lauschte ihren Schritten. Das dumpfe Geräusch mit dem der Schlüsselbund auf den Boden ihrer Tasche glitt, das Abstellen ihrer Handtasche im Flur, dies ärgerliche Hindernis – allmorgendlichen Stolperns ohne Ausnahme – bevor er das Haus verließ, das Rascheln ihres Mantels, als sie ihn auf den Garderobenhaken hängte, das Klicken ihrer Absätze, als sie aus den Pumps schlüpfte, das Tapsen ihrer Sohlen, mit dem sie den Gang entlang auf sein Zimmer zukam, das leise Klopfen, ihr unaufgefordertes Eintreten, mit dem Kopf voraus, den sie hereinsteckte, die schulterlangen blonden Haare, die bei dieser Bewegung nach vorne fielen, das träge Lächeln, das sie ihm schenkte – aus Gewohnheit – wie er dachte, dann die Schultern, ein langes Bein, das sich in den Raum schob – wie sehr hatte ihn dieser Anblick einmal erregt – und dann stand sie im Raum, strich sich mit einer müden Bewegung die Haare aus dem Gesicht – all das kannte er auswendig, wie eine zu oft geschaute DVD, die Wiederholung eines Ablaufes. Immer und immer wieder. Jeden Abend dies Klacken und Tappen und Klopfen und dann: »Hallo Simeon, hast du Hunger?«

Auch jetzt, und er hob das Glas noch einmal an seine Lippen.

»Nein«, erwiderte er, »ich habe schon gegessen.«

Sie kannte diese Worte. Es war wie ein Spiel zwischen ihnen. Immer wieder die gleichen Gesten, die gleichen Fragen und die gleichen Antworten.

»Schade«, sagte sie und zuckte mit den Achseln, wollte sich umdrehen und gehen, da durchbrach er die Routine.

»Ich bin heute noch mit einem Freund verabredet«, sagte er.

Durchbrach die tägliche Routine mit einer dreitägigen und sie reagierte, wie alle drei Tage: wandte sich ihm wieder zu, nickte und meinte: »Einen schönen Abend.«

Doch dieses Mal lag etwas in ihrem Blick, das ihm fremd war. Alle Routine, wie weggeblasen – durch einen undefinierbaren Blick ihrer dunkelblauen Augen. Auch er sah sie anders an als sonst, war es in diesem Fall nicht eine logische Konsequenz, dass sie mit dieser Fremdheit in ihren Augen reagierte? Doch sie waren Profis, nur wenige Sekunden schienen sie aus dem Gleichgewicht geraten, nur wenige Sekunden war der Text des allabendlichen Schauspiels aus ihren Gedanken gelöscht, sofort überspielten sie dieses kurze Schwanken: sie, indem sie sich umwandte und den Raum verließ und er, indem er das Glas ein weiteres Mal an seine Lippen führte. Er hörte sie die Stufen in den ersten Stock hinaufsteigen, dann war es still, als wäre sie noch nicht nach Hause gekommen und er saß noch kurz in Gedanken versunken, dann erhob er sich, stellte das leere Glas auf seinen Schreibtisch, griff nach seinem Schlüsselbund und dem Sakko und verließ das Haus, ohne noch einen Blick zurückzuwerfen. Sein Wagen parkte vor dem Haus. Nach einem kurzen Druck auf den Schlüssel

entriegelten sich die Türen, er öffnete die Fahrer-
tür, ließ sich ins Innere sinken. Anstarten, dann das
Durchdrehen der Räder auf Kies und er hatte alles
hinter sich zurückgelassen. An der Einfahrt des par-
kähnlichen Grundstückes, konnte er nicht widerste-
hen, kurz anzuhalten, zurückzusehen und leise zu
lächeln. Dann gab er Gas und glitt schwungvoll auf
die schwach befahrene Nebenstraße.

Der Morgen war frisch und klar, nur getrübt von
einer Rauchwolke, Zeugin der Feuersbrunst, die bis
vor wenigen Stunden hier gewütet hatte, als Hauptkommissar Jakob Valer Noak aus seinem Auto stieg
und unwillkürlich durch die Zähne pfiff, angesichts
des Bildes der Zerstörung, das sich ihm bot. Er hatte
das Haus gekannt, bevor es diesem Feuer zum Opfer gefallen war. Die fast herrschaftliche Villa, direkt
am Cospudener See, mit Blick auf Leipzigs Vorboten
am anderen Ufer. Es war eines der Häuser an denen
ein Wohnungssuchender oder zukünftiger Haus-
käufer mit großer Wahrscheinlichkeit vorbeikam,
sehnsuchtsvollen, hoffnungslosen Schimmer in den
Augen – niemals, nein niemals, könnte man sich ein
Gebäude dieser Größe, dieser Lage leisten. Es stand
auch nicht leer, würde es niemals und wenn, es wäre
unerschwinglich, nur ein Traum am See. Nun hatte
sich das Paradies gewandelt, war degradiert zu einer
Ruine, einem Trümmerfeld aus glühenden Holzschei-
ten, der erste Stock fast vollständig niedergebrannt,
das Erdgeschoß zahnlos, greisenhaft, nein eher ein
Totenschädel mit dunklen starrenden Höhlen, dort
wo einst Fenster die Sonne spiegelten. Doch nun gäh-

nende Leere dahinter, hie und da eine dünne Rauchschwade, die daran erinnerte, dass es noch nicht gestorben war, das Feuer, zumindest noch nicht ganz. Ein schwaches Glimmen vereinzelt, Zischen, wenn Wasser auf heißen Stein tropfte, seine physikalische Erscheinungsform änderte und als Dampfwolke aufstieg. Fort wie dieses Haus und alles, was in ihm war. Schade um das Haus, dachte der Kommissar, Unglück verschont auch die Reichen nicht, nein, gerade die Reichen nicht. Sie hatten mehr, was verbrennen, was gestohlen werden, was verkommen konnte.

Langsam folgte er einem Beamten durch die Tür ins Innere, Ruß überall, auch im Löschschaum der Feuerwehr. Die Kollegen hatten die Treppe gesichert und so stiegen sie hintereinander in den ersten Stock hinauf.

»Dort drüben«, sagte der Beamte, »dort drüben liegt sie.«

Sie. Die Leiche. Arme und Beine verkohlt, nur der Rumpf war dem Feuer nicht vollkommen zum Opfer gefallen. Seiner Meinung nach eine Frau, aber das mussten die kriminalpolizeiliche Abteilung, sowie das Institut für Rechtsmedizin noch bestätigen, nach genauer Untersuchung. Er musste dann die Fakten zusammenführen, verknoten und zu einem plausiblen Bericht zusammenfassen: sie starb in ihrem Bett, hatte das Feuer nicht gehört, kein Fremdeinwirken, kein Mord, kein Fall für die Kripo, also auch nicht für ihn. Der Kieferknochen war ausreichend für eine Identifizierung vorhanden, es dürfte keine Probleme geben, vermutlich die Frau des Hauses. Ein Aufwand dieser Art, wahrscheinlich gar nicht vonnöten.

»Wurde sie bereits fotografiert?« wandte er sich an den Beamten. Sie, die Leiche, erinnerte er sich still, nicht sie die Frau. Nicht schon von Tatsachen ausgehen, die noch nicht bewiesen waren.

»Natürlich, Hauptkommissar Noak.«

Er hatte nichts anderes erwartet. Die Kollegen arbeiteten schnell und gründlich. Das war deutsche Präzision, wie er sie liebte, nicht so temperamentvoll italienisch, Vernichtung der Beweise durch ausdrucksstarke Handbewegungen während des Gesprächs der Ermittler. Nein hier arbeitete man genau und gewissenhaft.

»Dann geben Sie die Leiche frei für die Ermittlungen«, ordnete Noak an und wandte sich zum Gehen.

Der jüngere Polizist folgte ihm.

»Zu Ihrer Information: dieses Haus ist Eigentum des Ehepaars Clarissa und Simeon Liebhardt«, erklärte der Beamte, »Herr Liebhardt war zum Zeitpunkt des Brandes außer Haus.«

Sie hatten die einst prachtvolle Eingangstür wieder erreicht und traten ins Freie. Frische Luft, Wohltat für die Lungen nach dem Gestank der Hölle, der Rauch hatte sich in Noaks Kleidern festgesetzt – jetzt musste er wieder alles zur Reinigung tragen. Das war der Preis für seine Arbeit, das und die Leichen.

»Wo ist Liebhardt jetzt?«

»Dort drüben«, der Polizist machte eine Bewegung mit dem Kinn in eine bestimmte Richtung, »er ist ein wenig außer sich, macht sich die größten Vorwürfe, nicht bei seiner Frau gewesen zu sein. Vielleicht wäre sie nicht tot, vielleicht hätte er ja das Feuer entdeckt und sie retten können.«

»Danke«, sagte Noak und ging auf den Mann zu, der neben einem Beamten auf einer gusseisernen Bank saß, schwieg, ins Nichts starrte. Hatte er alles schon gesagt? Alles schon erzählt? Sich alle Anklagen schon an den Kopf geworfen? Nun erschöpft verstummt, angesichts der Hilflosigkeit die Hinterbliebene quälte.

»Herr Liebhardt?«

Der Mann sah auf. Sein Haar war durcheinander, die Augen geschwollen, blickten müde, die Haut ein wenig grau über dem strahlend weißen Kragen seines Hemdes, das er unter einem dunklen Sakko trug.

»Ja«, sagte er und erhob sich, »Als ich kam, war die Feuerwehr bereits an der Arbeit.«

Er musste den Blick des Kommissars auf den Kragen bemerkt haben und wollte erklären, alles erklären. Vielleicht dadurch Antworten finden auf das Ereignis, das er sich nicht erklären konnte.

»Noak, Kriminalpolizei«, stellte dieser sich vor, »bitte setzen Sie sich wieder.«

»Kriminalpolizei?« fragte Liebhardt und seine Lippen wurden noch bleicher.

»Reine Routine«, beruhigte ihn Noak.

Routine, dachte Liebhardt, sie kannte die Routine. Doch jetzt ist sie tot. Nun hatte die Routine ein Ende, hatte er gedacht, aber schneller als er sich versah, war sie wieder in sein Leben getreten. Aber es war zumindest die Routine eines anderen. Die der Polizei in diesem Fall, nicht seine – und nicht Clarissas. Es würde diese Routine niemals mehr geben.

»Sie waren also zu dem Zeitpunkt als das Feuer ausbrach, nicht zuhause?« fragte Noak und griff in seine Hosentasche, um nach einem Kaugummi zu tasten.

»Das ist richtig. Ich war mit einem Freund etwas trinken. Ach wäre ich nur hier gewesen! Ich hätte sie womöglich noch rechtzeitig in Sicherheit bringen können!«

»Sie nehmen also an, dass Ihre Frau heute Nacht ein Opfer des Feuers wurde?«

Liebhardt schluckte. »Wer sonst?« fragte er, »Wir wohnten zu zweit.«

»Ich bedaure Ihren Verlust aufrichtig«, sagte Noak, ein Satz, den er sich vor einigen Jahren bereitgelegt hatte, nachdem er immer wieder in Verlegenheit geraten war, gedankenlos vor sich hin zu stottern, wenn er mit Hinterbliebenen sprach. Das war seit damals vorbei. Dank diesem Satz: »Ich bedaure Ihren Verlust aufrichtig.« Liebhardt nickte abwesend.

»Sie führten eine glückliche Ehe?«

Der Befragte fuhr sich mit einer Hand durch das dunkle Haar.

»Nun ja, Sie wissen schon, wie man eine Ehe halt so führt.«

»Ich weiß es nicht«, erwiderte Noak, »ich bin nicht verheiratet.«

»Mit guten und mit schlechten Zeiten, mit allem Auf und Ab«, erklärte Liebhardt, »gerade gestern habe ich über uns nachgedacht. Ich wollte etwas ändern, unsere Beziehung wieder lebendiger machen. Zu viel Routine, verstehen Sie, zu viel Routine.«

Noak nickte. »Sie haben also gerade eine nicht so blühende Phase durchgemacht.«

»Blühende Phase, was für ein Wort, Herr Kommissar – ja aber durchaus passend. Steppe, wenn Sie verstehen, Steppe, Wüste, Sand überall, nur keine Oase.«

Floraische Analyse einer Ehe. Wüste. Nichts. Alles tot. Warum war Liebhardt dann traurig über ihren Tod? Spielte er Noak nur etwas vor – aus Pflichtbewusstsein – das gäbe ja einen schlechten Eindruck bei der Polizei, wenn er nicht erschüttert von dem Geschehen wäre? Oder schlicht wegen der Gewohnheit – würde ihm die Routine, von der er sprach, fehlen?

»Danke, dass Sie meine Fragen beantwortet haben. Nennen Sie bitte meinem Kollegen die Adresse Ihrer derzeitigen Unterkunft, dann brauche ich Sie nicht mehr.«

Derzeitige Unterkunft, so ein Blödsinn, der Mann hatte doch heute Nacht alles verloren. Woher sollte er wissen, wo er zurzeit wohnte?

Liebhardt – er hatte die Unsinnigkeit Noaks Bitte nicht bemerkt: »Ja.« – machte eine fahrige Handbewegung und Noak wandte sich ab. Seine Anwesenheit hier wäre wirklich nicht nötig gewesen. Aber Routine. Sie konnte wirklich alles töten!

Liebhardt hatte nicht damit gerechnet, dass sie Zuhause war, deswegen schloss er die Wohnungstür auf und trat ein. Müde, so müde, er ging den schmalen Gang entlang, stieß eine angelehnte Tür auf, ließ den Blick durch das Wohnzimmer schweifen. Nichts regte sich, alles ruhig. Er ging zurück in den Flur, griff nach dem Telefon, wählte ihre Handynummer. »Der gewünschte Teilnehmer ist vorübergehend nicht erreichbar.« Inbrünstiges Fluchen, durch zusammengebissene Zähne, er konnte nicht einmal eine Nachricht hinterlassen. Sollte er in ihrer Firma anrufen? Ach was, er wollte nicht, dass es wirkte, als würde er sie kontrollieren. Er konnte ihr am Abend immer noch alles erzählen. Nun erst einmal schlafen. Während er sein Hemd aufknöpfte, schleppte er sich in Richtung Schlafzimmer. Wie hatte alles nur so schief gehen können? Vollkommen daneben.

Noak brummte in seinen nichtvorhandenen Bart, als er sein Büro betrat. Die Stimmung noch immer gleich Null, hatte sich auf der Fahrt hierher nicht verbessert. Wie auch – das Wetter erinnerte ihn an einen freien Tag, den er fast gehabt hätte, wäre da nicht wieder diese Routine dazwischengekommen. Wiedereinmal. Nun galt es also ein Protokoll zu tippen – auf einem Computer, dessen Kühlung lauter lief, als der Dieselmotor eines Traktors, aber so war es, wenn man für den Staat arbeitete, maximales Denken unterstützt von minimalistischen Geräten, ein schlichter Stil, ja fast schon spartanisch. Ohne Schnörkel, ohne Verzierung nur geradlinig auf das vermeintlich Wesentliche beschränkt. Er hoffte, nicht allzu lange für diese Schikane polizeilicher Berichterstattung zu brauchen. Dann könnte er sein Mittagessen schon wieder als Normalbürger zu sich nehmen. Aber wer, der bei der Kripo arbeitete, war schon ein Normalbürger? Die Erinnerungen ketteten einen ständig an dieses abgeblätterte schmutzig gelbe Haus mit den trostlosen, matten Scheiben; wie der Geruch von Rauch, hafteten sie ihnen an und ließen sich nicht so leicht abschütteln und zur Reinigung tragen konnte man sie auch nicht. So gab es kein Entrinnen für Noak und seine Kollegen auch wenn sie sich das manchmal wünschten.

Oberkommissarin Trientje Gronwald trat ein während sie an die Tür klopfte, schneller als ihr Schatten oder ein »Herein« seinerseits, aber so war sie – war ja auch ihr Zimmer, wie er sich ungern eingestehen musste – baute sich vor seinem Schreibtisch auf und blickte ihn abwartend an. Es fiel ihm nicht schwer, den Blick von dem Startprogramm des PCs zu lösen und sie anzusehen, drahtige Figur, schlank, aufmüpfig, aber ein netter Anblick.

»Jako Valer Noak«, meinte sie mit Grabesstimme, deren Ernst von einem schadenfrohen Lächeln abgelöst wurde, »es könnte sein, dass dein freier Tag heute wie Asche durch deine Finger geronnen ist.«

Noak lüpfte die Augenbrauen, ein wenig fragend, doch eigentlich mehr verstimmt, musterte sie, sagte nichts, grummelte nicht einmal zwischen zusammengebissenen Zähnen, war still. Einfach still, ohne Ton oder Empörung.

»Die ersten Berichte der Spurensuche sind bereits eingetroffen«, erklärte sie nun, da er einfach nur still war und kein Wort über die Lippen brachte, »Auch die Feuerwehr hat bereits ihre erste Vermutung was die Brandursache angeht, bestätigt und Herr Finke von Liebhardts Hausversicherung wartet auf deinen Rückruf.«

»Was für ein Zirkus wegen einem abgebrannten Haus«, fluchte Noak, sein freier Tag war weg, einfach so, als hätte es ihn nie gegeben.

»Ich entnehme deinem Gesichtsausdruck, dass du mir in wenigen Sekunden einige pikante Details mitteilen wirst«, fügte er noch leicht sarkastisch hinzu.

Sie setzte sich und legte die Papiere, die sie bis zu diesem Augenblick in Händen gehalten hatte, vor ihn auf die Schreibtischplatte.

»Es tut mir wirklich leid, wegen deinem freien Tag.«

Der Spott aus ihrer Miene war verschwunden, ja er glaubte ihr, sie hatte nur getan, als würde sie sich über seine Überstunden freuen – vielleicht freute sie sich ein bisschen, denn sie war nicht gerne allein im Büro. Ihn störten die ruhigen Stunden, wenn sie einmal nicht hier war, keineswegs. Gronwald war zeitweise sehr mitteilsam und er überwiegend schweigsam. Diese Kombination fast tödlich. Fast. Sie hatten immerhin schon ein Jahr im gleichen Büro überlebt. Ihr Computer war schon längst hochgefahren und ratterte gleichmäßig im Dieseltakt. Er griff nach einem leeren Zettel und einem Stift und begann Strichmännchen in unterschiedlichen Posen über das Papier wimmeln zu lassen. Manche hasteten eilig, andere spazierten gemächlich, ein Schifahrer wedelte über eine Piste, an deren Ende eine Gruppe Schihäschen Tassen schwenkte, ein kleiner See entstand, am Ufer Kinder die Steine hinein warfen, beschauliche Idylle, Beschäftigungen, denen er an einem freien Tag hätte nachgehen können, die jedoch nun, wegen Rauch und Asche, nur auf seinem Papier stattfanden.

Kurz beobachtete Gronwald den Ausdruck seines Frustes, dann erklärte sie: »Die Feuerwehr geht von

Brandstiftung aus, der Tresor war aufgebrochen und der Versicherungsheini möchte sich an der Aufklärung des Falls beteiligen, denn das Haus und die Einrichtungsgegenstände waren in Höhe von 6 Millionen Euro versichert und wie das bei Versicherungen üblich ist, wollen sie nicht zahlen und suchen jede Möglichkeit, sich aus ihrer Verantwortung herauszuwinden.«

Noak malte ein paar Flammen, dann blickte er endlich auf. Widerwillig, ein wenig resigniert und schicksalsergeben.

»Dann sollten wir Liebhardts Alibi überprüfen, Trientje, seine Adresse, hast du?«

Sie nickte und tippte mit einem Kuli auf einen Absatz eines der Schreiben.

»Wieso sollte er es getan haben? Hätte er nicht zumindest seine Frau gewarnt, bevor er Feuerteufel spielte?«

Gronwald beobachtete, wie er sich über die Berichte beugte. Sein Interesse war geweckt, der Einsatz am Morgen nicht umsonst, da stand mehr dahinter, vielleicht ein Mord oder Betrug, zumindest aber eine millionenschwere Summe.

»Oder hatten sie Eheprobleme und er hat gleich zwei Fliegen mit einer Klappe erledigt?« bohrte sie weiter, da er nicht antwortete.

»Wie würdest du deine Ehe bezeichnen?« wollte er unvermittelt wissen und hob den Kopf, »Glücklich?«

Sie runzelte die Stirn. »Streckenweise ja. Manchmal, ach du weißt schon.«

»Ich weiß nicht«, grunzte er.

»Ach ja, stimmt. Manchmal könnte ich Florian zum Mond schießen«, gestand sie und zuckte mit den Achseln.

»Er dich wahrscheinlich auch«, stellte Noak trocken fest und sie grinste. Nicht böse, einfach amüsiert.

»Warum fragst du?«

»Liebhardt sprach von Routine, von guten und schlechten Zeiten, von Wüste und Oasen.«

»Wüste und Oasen?«

Noak hob die Schultern etwas an, ließ sie wieder fallen. Er brauchte sie nicht in der Höhe, tiefer waren sie angenehmer.

»Und weiter?« drängte sie nach einer Weile, da er keine Anstalten machte fortzufahren.

»Nichts weiter, er schien nicht wirklich zufrieden mit ihrer Beziehung zu sein.«

»Das sind viele Paare nicht. Das heißt noch lange nicht, dass er sie umgebracht hat.«

»Hatten sie finanzielle Probleme?«

»Ostenwaller und Leine gehen dem gerade auf den Grund. Liebhardt ist Chemiker und hat anscheinend schon mehrere Patente an unterschiedliche Konzerne verkauft. Auf den ersten Blick scheint es nicht, als hätten sie auf diesem Gebiet einen Engpass. Und seine Frau arbeitete als Marketing-Chefin eines größeren Reisebüros. Wie Leine bereits herausgefunden hat, sollte sie heute in die Vereinigten Arabischen Emirate reisen um potenzielle Partner zu treffen und Hotelanlagen zu besichtigen. Dazu ist es wohl nicht mehr gekommen.«

Noak stand auf und streckte sich. »Und das alles ohne Kaffee.«

»Wir können unterwegs bei Mc Donald´s stehen bleiben, wenn du willst.«

Er kramte erneut in den Taschen nach einem Kaugummi. Komisch, dachte er, heute morgen hatte er ganz vergessen, ihn in den Mund zu stecken. Dafür tat er es jetzt, für guten Geschmack und angenehmen Atem, roch eh besser so ein Kaugummi-, als ein Kaffeeatem, zweifellos, er sollte auf den Kaffee verzichten, wenn es nur nicht so schwer fiele! Kaffeetrinken stand bei der Polizei fast in der Stellenbeschreibung wie bei Krankenschwestern und Ärzten, wer nicht trank war sicherlich auf Drogen oder auf Wasserpfeife oder von einem anderen Stern, obwohl Wasserpfeife ja wirklich nichts mit Rauschgift zu tun hatte. Also doch eher Drogen oder anderer Stern, die Wasserpfeife streichen, ganz weglassen. Mittlerweile traten sie ins Freie.

»Leine soll auch mitkommen«, sagte er und kaute langsam.

Der Dienstwagen war heute Gronwalds Karre, der Staat abgewirtschaftet, das Kommissariat ohne ausreichende Mittel, deswegen die Fahrzeuge knapp. Es wurde gerne gesehen, wenn man mit dem Privatwagen fuhr. Sie warf ihm den Autoschlüssel zu, deutete in eine Richtung und er machte sich auf die Suche nach dem Auto. Müde ließ er den Kopf auf die Rückenlehne zurückfallen und trauerte ein letztes Mal seinem freien Tag hinterher.

Er hörte das Läuten nicht sofort und schreckte auf, als es in sein Bewusstsein drang. Er hatte tief geschlafen, zu tief vielleicht für einen Mann, der vor kurzem alles verloren hatte, auf das er stolz war. Nein, alles stimmte nicht, fast alles. Da gab es noch Melanie und diese Wohnung und das Bankschließfach.

Wer konnte das sein? Natürlich die Polizei, wer sonst oder ein Postbote? Mühsam rappelte er sich auf und taumelte zur Tür, betätigte die Gegensprechanlage. Noak, der Kommissar von heute morgen, schoss es ihm durch den Kopf, so schnell? Mit zitternder Hand drückte er den Summer, noch hatte er sich nicht ganz unter Kontrolle, er hatte nur mehr kurz Zeit, sich zu fassen, die Träume abzuschütteln, die Ängste, die Sorgen, die Beunruhigung. Was wollten sie von ihm nach so kurzer Zeit? Hatten sie etwas entdeckt? Etwas? Was?

»Noak, Sie erinnern sich?«

»Natürlich.«

»Herr Liebhardt, meine Kolleginnen Gronwald und Leine.«

Liebhardt nickte den Frauen schnell zu.

»Dürfen wir hereinkommen?«

Er trat einen Schritt zurück und öffnete die Tür ganz. Dann ging er ihnen ins Wohnzimmer voraus.

»Dürfte ich kurz Ihre Toilette benutzen?« wollte Kommissarin Leine verschmitzt wissen, »Ich bin schwanger und …«

»Kein Problem. Das Bad ist gleich hier rechts.«

Wie machte sie das bei einer Verfolgungsjagd, überlegte Liebhardt, aber nein, sie stand ja unter Mutterschutz, da war es aus mit derartigem Nervenkitzel. Wahrscheinlich war er ihnen nicht gefährlich genug, sodass sie mitkommen durfte. Ein gutes Zeichen? Entlastend?

Er bot Gronwald und Noak einen Platz an und setzte sich ebenfalls.

»Verzeihen Sie bitte mein Erscheinungsbild, ich habe gerade geschlafen, wie Sie wissen, war die Nacht lang. Viel zu lang.«

»Wir werden Sie nicht lange aufhalten.«

Kein Wort des Bedauerns. Dieser Noak kam gleich zur Sache, kein Mann vieler Worte, dafür lächelte seine Kollegin freundlich, ein wenig aufmunternd, fast so, als bäte sie ihn, nachsichtig mit dem anderen Mann zu sein. Er nickte kurz in ihre Richtung.

»Wo waren Sie um 0.30 Uhr?«

Wirklich, ein Mann weniger Worte, keine Einleitung, kein Präludium, einfach so, mit einem Streich zur Todesarie, zum Todesstoß des Matadors. Liebhardt schluckte.

»Ist das der geschätzte Zeitpunkt, zu dem das Feuer ausgebrochen ist?«

Die Kommissarin nickte. Noak sagte nichts, er starrte ihn nur an, wartete auf eine Antwort, nicht auf eine Frage. Er stellte sie nur einmal, es war an ihm zu fragen, nicht an dem anderen, der sehr bleich wirkte im Augenblick, aber war das verwunderlich?

»Ich war, lassen Sie mich nachdenken«, er griff sich mit der Hand an den Kopf, in dem Moment kehrte Leine von der Toilette zurück und setzte sich auf einen freien Stuhl, »mit meinem Freund unterwegs, das war ich den ganzen Abend, in der Stadt übrigens, nicht in Markkleeberg, Sie können ihn fragen. Bin erst um drei Uhr nach Hause zurückgekehrt, da war die Feuerwehr schon da und es war dunkel, nur unser Haus hat gebrannt. Ich hab den Rauch schon von Weitem gesehen und mich gefragt, was da los ist, wie hätte ich auch ahnen können …«

»Haben Sie Schulden, Herr Liebhardt?« wieder Noak, er schoss die Fragen wie Feuerwerkskörper ab. Der Angesprochene zuckte ein wenig zusammen, sein Blick schweifte hilfesuchend zu Gronewald, doch auch sie wirkte interessiert.

»Ja«, gestand er leise, »meine Frau hat sich an der Börse verspekuliert.«

Das klang nicht gut, nein, es würde ihn belasten, ihm ein Motiv geben, das wusste er.

»Die Tilgung der Versicherung für Ihren Verlust wäre in diesem Fall willkommen«, stellte Noak fest.

»Ja, in gewisser Weise«, leugnen würde nicht helfen, sie würden es herausfinden, »aber wieso sollte ich mein Haus niederbrennen? Ich hätte es verkaufen können, Grundstück am See, Sie haben die Aussicht gesehen. Dafür wird viel gezahlt.«

Noak ließ sich nicht anmerken, was er dachte.

»Wessen Wohnung ist das hier?« wollte nun Leine wissen. Sie wirkte ein wenig so, als wäre sie dabei ertappt worden in der Zuckerdose eines Fremden gewühlt zu haben, aber vielleicht bildete er es sich auch nur ein und es war das schlechte Gewissen, das ihn nun zu solchen Vermutungen verleitete. Er sollte nicht so viel denken, einfach antworten. Was war die Frage gewesen? Ach ja, die Wohnung, wem sie gehörte, »Melanie Richter.«

Er konnte sehen was sie dachten, so fügte er schnell hinzu, »Sie war die beste Freundin meiner Frau.«

»Haben Sie Frau Richter heute schon gesehen?«

21

Wieder Leine. Sie war wahrscheinlich bei Noak in die Lehre gegangen. Kein einziges überflüssiges Wort. Er sah, dass Noak ihr einen fragenden Blick zuwarf, das war aber auch schon das höchste der Gefühle, das er zeigte.

»Nein«, antwortete Liebhardt, »Als ich hier ankam, war sie bereits in der Arbeit.«

»Wie konnten Sie sich Zugang hier herein verschaffen?«

Nein, hatte er sich jetzt verraten? Nicht lügen, das würde gegen dich sprechen, die Gedanken jagten sich in seinem Kopf.

»Ich besitze einen Schlüssel.«

Nun war es heraußen, er würde den Verdacht nicht mehr abwenden können, jetzt nicht mehr …

»Haben Sie ein Verhältnis mit Frau Richter?« Noak.

Oh Gott! Wenn er es zugab hatten sie gleich zwei Motive, eines davon sogar für einen Mord. Die Schlinge zog sich enger um seinen Hals, er konnte sie fast spüren.

»Ja«, flüsterte er, »seit zwei Jahren.«

»Wusste Ihre Frau davon?«

»Nein.«

Kurz war es still. Gleich würden sie ihn verhaften, gleich würden sie die Anschuldigung aussprechen. Gleich.

»Haben Sie mit Frau Richter heute schon telefoniert?« Wieder Leine.

»Nein. Das heißt, ich habe versucht, sie auf dem Handy zu erreichen, aber sie muss es abgeschaltet haben.«

»Wissen Sie, wo sie sich im Moment aufhält?«

Er konnte sehen, dass auch Noak nicht wusste, worauf seine Kollegin hinauswollte und Gronwald wahrscheinlich auch nicht. War es verwunderlich, dass auch er keinen blassen Schimmer hatte, wieso sie solche Fragen stellte?

»Ich denke, sie ist in der Arbeit.«

»Waren Sie, seit Sie hierher gekommen sind, schon einmal auf der Toilette?«

Nun konnte auch Noak sein Pokerface nicht mehr unter Kontrolle halten.

»Was?« stieß er hervor und musterte Leine, als wäre sie nicht mehr bei Verstand, doch sie ignorierte diesen Ausruf ruhig.

»Nein«, antwortete Liebhardt.

»Das habe ich mir gedacht«, sagte sie, »denn sonst wüssten Sie, dass Frau Richter heute Morgen ein Flugzeug in Richtung Houston bestiegen hat, Sie bittet, Ihren Schlüssel in den Postkasten zu werfen und aus ihrem Leben zu verschwinden. Es steht auf einem »Post-it«, das auf dem Spiegel klebt.«

»Was?« rief nun Liebhardt fassungslos aus, sprang auf und stürzte ins Bad.

Noak starrte Leine an, Gronwald blickte von einem zum anderen.

»Die Sache wird immer interessanter«, stellte sie schließlich fest, verworrener, verwickelter, undurchschaubarer. So hatte sie es gern, wenn die Arbeit und mit ihr die Zeit verflog, husch, mit einem Streich waren fünf Stunden um, da war man gefordert, das machte Spaß.

Ja, da hing das »Post-it« tatsächlich, unübersehbar, gelb, quadratisch in der Mitte des Spiegels. Er konnte nicht glauben, was er las, war es möglich und er hatte auch Melanie verloren? Melanie und die Wohnung, blieb nur mehr das Bankschließfach, erinnerte er sich bereits gedachter Gedanken. Wie war es möglich – warum Melanie? Sie hatten sich doch so gut verstanden, nicht nur im Bett, nein mit ihr konnte man reden, lachen, wenige Augenblicke sein, wie man war, dann, wenn der Chemiker abfiel, der untreue Ehemann, der erfolgsverwöhnte Workaholic. Das konnte er nur bei ihr, niemals bei Clarissa, sie wollte ihn in seiner Rolle sehen, der Rest interessierte sie nicht, doch das war nun ohne Bedeutung, angesichts der Tatsache, dass Melanie ihn verlassen hatte, jetzt wo er frei war immer bei ihr zu bleiben. Er sollte versuchen sie zu erreichen, aber da saßen noch Polizisten in dem Wohnzimmer, wahrscheinlich warteten sie darauf, dass er zurückkam. Das sollte er auch tun, nur noch einmal durchatmen, tief durchatmen, die Verzweiflung aus den Lungen pressen. Es hatte keinen Sinn sich jetzt fertig zu machen. Im Moment war alles zu viel, zuerst das Haus, dann Clarissa, nun Melanie und die Wohnung. Hier konnte er also nicht bleiben. Aber wohin sollte er gehen? Vielleicht, dachte er bitter, stellt sich diese Frage in wenigen Minuten sowieso nicht mehr, wenn sie ihm mitteilten, dass er sie begleiten sollte. Aufs Revier, wie sie es nannten, oder Kommissariat oder einfach nur mitkommen, ohne Revier.

»Wir möchten, dass Sie uns zur Polizeidienststelle begleiten«, sagte Noak, als er zurückkehrte – ja, Polizeidienststelle, ein Wort, an das er nicht gedacht hatte.

Armes Schwein, dachte der Kommissar bei sich, sieht nicht gut aus für ihn, gleich zwei Motive, ob er mit seiner Geliebten nicht darüber gesprochen und sie ihn wegen Aussichtslosigkeit auf eine gemeinsame Zukunft verlassen hatte? Ob Liebhardt es bereute das Haus angezündet und seine Frau um die Ecke gebracht zu haben, jetzt, da Frau Richter Reißaus genommen hatte? Es war nicht seine Sache, sich darüber Gedanken zu machen, meinte Noak und erhob sich, Leine und Gronwald folgten seinem Beispiel.

»Bin ich jetzt verhaftet?« wollte Liebhardt wissen, Angst schwang in seiner Stimme, auch Entsetzen – er und verhaftet, mit Handschellen abgeführt, nein, das konnte nicht sein, nicht er, ein anderer.

»Nein«, antwortete Gronwald, »wir bitten Sie lediglich darum, uns in den nächsten Stunden zur Verfügung zu stehen, da es einige ungeklärte Punkte in Zusammenhang mit dem Brand gibt. Der Tresor war aufgebrochen.«

Er schluckte, natürlich, daran hatte er gar nicht mehr gedacht. Der Tresor.

»Oh«, machte er und folgte den Polizisten den Gang entlang zur Eingangstür. Leine warf ihm einen schnellen Blick zu, öffnete die Tür, ließ alle vorbeigehen und verließ dann als Letzte die Wohnung .

Kommissar Ostenwaller wartete schon in Noaks Büro, ein wenig aufgeregt, er konnte es kaum erwarten, die Neuigkeiten loszuwerden, so ging er auf und ab, fuhr zu den Ankommenden herum, als sich die Tür öffnete und atmete erleichtert aus.

»Ostenwaller«, sagte Noak nur, erfasste mit einem Seitenblick sein Gegenüber und ließ sich dann auf den Sessel hinter seinem Schreibtisch fallen. Leine kümmerte sich im Nebenzimmer um Liebhardt und Gronwald lehnte sich an ihren Schreibtisch.

»Erzähl schon«, forderte sie, um die Geduld des junge Mannes nicht länger auf die Folter zu spannen – sie wusste wie es war, wenn man etwas mitzuteilen hatte. Ostenwaller hielt die Luft an, blickte kurz zu Noak, der nur nickte, dann stieß er hervor: »Es gab keine Schulden. Im Gegenteil.«

Noak runzelte überrascht die Stirn und Gronwald verschränkte die Arme vor der Brust.

»Keine Schulden? Sind Sie sicher?«

Was hatte es mit der Börsenspekulation von Frau Liebhardt auf sich, die ihr Mann erwähnte? Hatte er doch, er hatte zugegeben, dass sie Schulden hatten, aber diese Schulden mussten doch irgendwo sein. Er machte Gronwald ein Zeichen, die verließ sofort den Raum, kehrte wenige Minuten später mit Liebhardt im Schlepptau zurück. Der blickte vollkommen zerstört, seine fahle Gesichtsfarbe hatte sich nicht zum Besseren gewandelt.

»Sie haben uns belogen«, sagte Noak und Liebhardt zuckte ertappt zusammen.

»Ich, ich …«, stotterte er, »weiß nicht, wovon Sie sprechen.«

Natürlich nicht, dachte Noak, sie wussten niemals wovon die Polizei sprach, die dachte sich verschiedene Details einfach aus, ohne jegliche Grundlage, einfach so zum Spaß. Ja, sie waren im Kindergarten, spielten Katz und Maus, nur wusste der Hase nicht, worum es ging – der Hase, der die Spielregeln erfunden hatte.

»Natürlich wissen Sie es nicht«, schnauzte Noak, »Sie sind unschuldig wie ein Baby.«

Seine Nerven waren gespannt, das Gestammel und Leugnen des Tatverdächtigen ging ihm gehörig auf den, naja, sonst wohin.

»Oh«, kam es wieder von Liebhardt, »es war keine Absicht, aber wenn ich es gesagt hätte, dann … ich habe es nur verschwiegen, nicht direkt falsch gesagt …«

»Ach halten Sie den Mund«, unterbrach ihn Noak, Liebhardt biss sich auf die Lippen, warf einen Blick zu Gronwald, ihre Miene hatte sich verschlossen, als dächte sie angestrengt nach.

»Wieso wollen Sie sich belasten und nicht entlasten?« fragte sie plötzlich und er starrte sie an, fassungslos, auch verwirrt, das Haar auf seinem Kopf drückte seine innere Stimmung perfekt aus, zerzaust, durcheinander, vollkommen aus dem Rahmen gefallen.

»Aber das will ich nicht, glauben Sie mir … wieso entlasten? Belasten? Ich verstehe nicht, der Tresor, ich habe ihn wirklich vergessen.«

»Wir sprechen nicht von dem Tresor, verdammt noch einmal«, brauste Noak auf, Ostenwaller zuckte zusammen, synchron mit Liebhardt, eine glatte Zehn im Synchronspringen bei den olympischen Spielen – erreichte sonst nur China, aber das konnten sie hier auch, auf dem Kommissariat oder der Polizeidienststelle, wie Noak diesen Ort genannt hatte.

»Nicht von dem Tresor?«

Er ist ein guter Schauspieler, dachte Noak, stellt sich dumm und das überzeugend.

»Nein«, erklärte Gronwald, »wir sprechen von Ihren Schulden.«

Liebhardt sagte kein Wort, blickte sie nur verständnislos an, der Boden unter ihm hatte sich aufgetan, eine Falltür, er wusste nicht, wo er aufschlagen würde, in welchem finsteren Raum, nur weit, weit weg von hier und allem was er kannte.

»Wie es aussieht, haben Sie keine Schulden, zumindest nicht bei einer der großen Banken.«

»Wie bitte? Keine Schulden?«

Noak trommelte mit den Fingern auf seine Schreibtischplatte.

»Für mich war es heute auch früh, also strengen Sie bitte ebenfalls Ihre kleinen grauen Zellen an. Warum, reden Sie von Schulden, wenn Sie gar keine haben?«

»Aber«, stotterte er, »aber, ich habe welche! Riesige! Siebenstellige!«

Sie konnten doch nicht so einfach verschwunden sein, er hätte nie zu hoffen gewagt, dass sie gemeinsam mit dem Haus verbrannt waren, nun das. War er in einer anderen Welt? Hatte er etwas nicht mitbekommen oder waren die bei der Polizei einfach wahnsinnig? Alle drei und die Schwangere? Die war im Moment nicht da. Nun warfen sie einander Blicke zu, als würden sie an seinem Geisteszustand zweifeln, aber er war doch nicht blöd, das konnte ihm keiner unterstellen …

»Bei welcher Bank haben Sie Ihre angeblichen Schulden?« Noaks Stimme war erstaunlich ruhig.

»Ich habe keine Ahnung bei welcher Bank oder welchem Gläubiger«, wieso hatte er sich nie erkundigt? Die Routine unterbrochen und eine Frage gestellt? »Meine Frau erzählte mir von ihrem Dilemma.«

»Und sie können wir jetzt nicht mehr befragen. Wahrscheinlich sind alle Hinweise mit ihr in dem verdammten Haus verbrannt.«

Wieder zuckte Liebhardt bei den Worten des Kommissars zusammen. Verdammtes Haus hatte er gesagt, das war es nicht gewesen, wirklich nicht und was konnte er dafür?

»Wahrscheinlich«, meinte nun Liebhardt wütend. Diese Unterstellungen machten ihn wirklich krank!

»Wie praktisch für Sie«, fauchte Noak, »aber wir werden es herausfinden, verlassen Sie sich darauf!«

Drohte er ihm, drohte er Liebhardt mit der Wahrheit? Sollte er – von ihm aus konnte er sich die Zähne ausbeißen und es störte ihn nicht, wenn sich die Schulden in Luft aufgelöst hatten, im Gegenteil, in gewisser Weise befreite es ihn.

Noak schüttelte den Kopf, nachdem Ostenwaller mit dem vermeintlichen Täter aus dem Raum gegangen war.

»Deine Art lässt manchmal wirklich zu wünschen über«, meinte Gronwald, aber Noak schlug mit der Faust auf den Tisch.

»Er belügt uns, merkst du das nicht?«

Sie zuckte mit den Achseln. Er wäre nicht der Erste – dass sich Noak daran nicht gewöhnen konnte? Er hatte eben kein dickes Fell, auch wenn er sich so gab. Vielleicht war er auch einfach sauer wegen seines freien Tages – wäre Noak eine Frau, würde Gronwald seine schlechte Laune auf seine Tage schieben. Sie seufzte.

»Wieso sollte er Schulden erfinden?« fragte sie nach einer Weile, sie fand keine Erklärung, soviel Dummheit ging ihr einfach nicht ein. Obwohl, Männer taten manchmal Sachen, die keiner verstand. Ihrer auch.

Es klopfte an der Tür. Gronwald öffnete, noch bevor Noak den Mund aufmachen konnte, sie war einfach zu schnell und voreilig und manchmal könnte er sie wirklich ... aber das war ja ... nein, von ihm aus könnte sie öfter kommen, könnte die ganze Stadt umgebracht werden, wenn sie sich dadurch länger hier in seinem Büro aufhielt, die ganze Welt, ja das Universum ... nein, nicht überschwänglich werden.

»Sieh an, die Kollegin aus dem Institut für Rechtsmedizin«, meinte Noak, lächelte schief, »sagen Sie nicht, Sie haben schon etwas herausgefunden.«

Die Angesprochene verdrehte ein wenig die Augen und warf Gronwald einen »Ja, ja die Männer!-Blick« zu, dann zog sie einen Stuhl heran und setzte sich. Gronwald saß wieder hinter ihrem Schreibtisch und zwinkerte ihr zu.

»Ich glaube, Noak hat die Frauenquote noch nicht verkraftet«, meinte sie und Mansour lachte auf. Noak sagte nichts, sondern lehnte sich in seinem Stuhl zurück und musterte sein Gegenüber eindringlich. Kollegin Mansour, Anouk, wie er sie bei sich nannte, kleine Anouk, aber nicht täuschen lassen von ihrem guten Aussehen, sie war knallhart.

»Welcher Mann hat das schon?« fragte diese nun mit leicht französischem Akzent.

Ach diese Stimme konnte einem zum Träumen bringen und dann diese entzückende Aussprache, dieser Tag war gerettet, danke Feuerteufel.

»Soll ich einen Kaffee bestellen oder reden wir über Fakten?«

»Oho!« meinte Mansour und knallte Noak ein Armband, in eingeschweißter Folie auf den Schreibtisch, »Ist das Fakt genug?«

Überrascht blickte er darauf.

»Sie trug es vermutlich um ihr Handgelenk«, fuhr Mansour fort, ohne sich um ihn zu kümmern, »Wie halten Sie es mit dem Mann nur in einem Raum aus?« Das kurz an Gronwald gewandt, dann weiter in Richtung Noak, »Nach der ersten Analyse des Kieferknochens, handelt es sich wirklich um eine Frau, was das Armband nur bestätigen würde. Wir können gerne noch eine DNA-Analyse in die Wege leiten, aber wie auch Sie sich sicherlich erinnern können, wird das einige Tage in Anspruch nehmen.«

Noak runzelte die Stirn, ließ sie aber nicht aus den Augen.

»Ich habe mir die Bilder und die Leiche etwas näher angesehen, ein Feuer macht uns die Arbeit nicht gerade leicht. Es zerstört fast alle Hinweise auf eine mögliche andere unnatürliche Todesart, wie zum Beispiel Mord, aber das brauche ich Ihnen nicht zu sagen. Sie müssen sich ja ebenfalls mit der Asche herumschlagen. Trotzdem macht mich irgendetwas an der Sache stutzig.«

Sie atmete kurz aus, heben und senken des Oberkörpers, seine Augen hingen fast an ihren Lippen, nicht zu sehr hinstarren, sie könnte ja meinen, sie würde ihn beeindrucken.

»Und?«

Unwillig warf sie eine Haarsträhne zurück und verengte die Augen zu schmalen Schlitzen.

»Und, lieber Herr Kommissar Noak, ich kenne zufällig eine Ihrer Verbindungsbeamtinnen in den USA näher und werde ihr ein Mail schreiben. Sie arbeitet eng mit einer Forschungseinrichtung zusammen, die unter anderem die Veränderung von Leichen, wenn sie Feuer ausgesetzt werden, untersucht.«

»Interessant«, er schaffte es, sie unbeeindruckt anzusehen. Warum er so unfreundlich zu ihr war, konnte er sich nicht erklären, da er eigentlich genau das Gegenteil sein wollte. Vielleicht einfach nur, um sie zu provozieren, die Röte zu beobachten, die ihr in die Wangen schoss, wenn sie sich ärgerte. Ja, dann sah sie allerliebst aus, so wie jetzt, eine Augenweide. Doch leider war sie schon wieder im Begriff zu gehen.

»DNA-Analyse, ja oder nein?« fragte sie knapp.

»Ja«, sagte er, sie war schon fast draußen, da schaffte er noch ein zögerliches, »Bitte.« Sie wandte sich nicht mehr um und ließ die Tür unsanft hinter sich ins Schloss fallen.

»Unser charmanter Valer Noak«, zog ihn Gronwald auf und schüttelte den Kopf.

»Und du«, sagte er nun zu ihr gewandt, »schicke Ostenwaller zu einem von der Spurensicherung.

Vielleicht haben die mittlerweile auch etwas Interessantes herausgefunden.«

Gronwald ging zur Tür, steckte ihren Kopf aus dem Raum, wobei ihr Hinterteil reizvoll gestreckt wurde, rief etwas und kehrte hinter ihren Schreibtisch zurück. Wenige Minuten später wurde die Tür aufgerissen und eine schwer atmende Leine stand vor ihnen.

»Liebhardt ist weg«, stieß sie keuchend hervor, »er hat den Toilettentrick angewandt!«

Die Blamage für jeden Beamten und Kommissar, und das hier, in seiner Abteilung, ausgerechnet, und dann noch Leine, die war normalerweise ziemlich helle im Köpfchen, hatte aber nachgelassen in der Schwangerschaft, was er ihr wirklich nicht vorwarf, nein, er hatte vollstes Verständnis, dass ihr Körper nun mit anderen Dingen beschäftigt war, als mit Denken. Ja, er verspürte wirklich Hochachtung vor jeder Frau, die einem Kind das Leben schenkte, ehrlich!

Jetzt mussten sie auch noch hinter einem davongelaufenen, zwanghaften Lügner herrennen, als hätten sie nichts Besseres zu tun! Das hatte wirklich gerade noch gefehlt, ein dummer Fehler, wahrhaft zu blöd und das in seiner Abteilung!

»Auch das noch, jetzt muss ich mit dem Chef sprechen, wegen einer Fahndung, ich meine eines Haftbefehls«, ärgerte sich Noak, wie konnte Liebhardt nur so dumm sein, diese Flucht ritt ihn nur noch tiefer in das Schlamassel, indem er schon steckte, ja mittendrin – das machte die Sache nicht besser. Die anderen schauten einander betroffen an, Leine murmelte eine Entschuldigung.

»Kann jedem passieren«, versuchte Gronwald sie zu trösten, aber das stimmte nicht, das passierte nur Schwangeren und Deppen, dachte zumindest Noak.

Entschlossen griff er zum Hörer, wählte die Durchwahl, »Ja, hier Noak, Frau Alberti, kann ich mit dem Chef sprechen?«

Kurzes Warten, stoische Miene, er zeigte nicht einmal jetzt Gefühle, jetzt wo ihn der Gesprächspartner nicht sehen konnte.

»Ja, hier Noak, Herr Präsident, Sie haben schon gehört, das ist fein …«, die Buschtrommel innerhalb dieser Mauern 1A, wirklich nicht zu verachten, »… nein ist nichts geworden, aus meinem freien Tag, …«, da hatte wirklich jemand nichts ausgelassen, »ja, es geht voran, entpuppt sich als ziemlich undurchschaubar, aber die Schnittstellen funktionieren, Herr Präsident, da passt ein Rädchen ins andere …«, der Rhythmus seiner Fingerkuppen auf der Arbeitsplatte untermauerte seine Worte, er wollte, es wäre vorüber, aber das war es nicht, nein, er steckte mitten drinnen, »ach, weshalb ich anrufe? Ein Haftbefehl ist der Grund … natürlich weiß ich, dass wir die Staatsanwaltschaft einschalten müssen … ja, er ist freiwillig mitgekommen, aber jetzt ist der Verdächtige nicht mehr da … Wo er hingegangen ist? Na, aufs Klo.«

Vorsorglich den Hörer ein bisschen vom Ohr entfernt halten, damit's nicht zu laut wurde, jeder hier schrie gerne, wenn er mal einen Grund dafür hatte, in gewisser Weise eine Art Coaching, danach gings einem meistens besser, dem anderen zwar nicht, aber der konnte ja den nächsten niederbügeln. Endlich hatte sich der Präsident wieder beruhigt.

»Es freut mich, dass Sie Verständnis für unsere Notlage zeigen, Herr Großmann«, ein Fluch vom anderen Ende der Leitung, »dann werde ich die Staatsanwaltschaft informieren. Was wir mit der Presse machen sollen? Am besten nichts, die sind es eh gewohnt, sich die Füße in den Bauch zu stehen … ja, ich weiß, wir können sie nicht einfach links liegen lassen. Ich werde Gronwald schicken. Sie soll nur das Nötigste sagen. Ja, danke, Herr Präsident. Auf Wiederhören.«

Noak knallte den Hörer auf die Gabel, »Du hast es gehört, Trientje, worauf wartest du noch?« dann zu Ostenwaller, »Bitte rufen Sie Staatsanwalt Sosinski an. Er soll so schnell wie möglich aufs Revier kommen«, dann zu Leine, die als einzige zurückgeblieben war, »und Sie, Sie sind schon viel zu lange hier, heute. Wir werden das Kind schon schaukeln, gehen Sie ruhig heim.«

»Aber Herr Noak, ich mache gewiss keine Fehler mehr!«

»Es geht hier nicht um Fehler, sondern einfach um gesetzliche Regelungen«, erwiderte er müde.

So ein Fall begann immer langsam und weitete sich zu einer rasenden Lawine aus, immer mehr Information, immer schneller, immer schneller – man musste aufpassen, dass man nicht unterging, dass man oben schwamm.

»Vergessen Sie Liebhardt und die Art seiner Flucht, machen Sie sich einen schönen Tag, gehen Sie Babysachen kaufen oder häkeln Sie etwas, was weiß ich.«

Sie starrte ihn kurz an, dann wandte sie sich ohne ein Wort um, stürmte aus dem Raum. Noak atmete tief durch. So, den Countdown von zehn abwärts zählen, dann würde die Tür wieder aufgehen: neun, acht, sieben, sechs, »Hallo Kurt, wurde auch Zeit.«

Kurt Jansen von der Spurensicherung, er mochte den Kollegen, hatten schon viel durchgemacht gemeinsam, auch manche Nacht, wenn die Leichen zu brutal verstümmelt gewesen waren, ja, der Magen wurde zwar mit der Zeit besser, aber manchmal, ja manchmal kam einem die Galle hoch.

Jansen grinste sein Gegenüber an, griff nach dem Stuhl, auf dem Mansour als letzte gesessen hatte, kurz stieg ihr Bild vor Noaks innerem Auge auf, die braunen, sanft gewellten Locken, der Stoppelbart, nein, der gehörte zu Jansen, der jetzt dicht vor ihm saß, seine Knie berührten fast den Schreibtisch, näher gings wirklich nicht.

»Gib zu, dass du Sehnsucht hattest«, neckte ihn der Kollege, Noak nickte kurz, er wusste nicht, wie er auf solche Scherze reagieren sollte, so schwieg er lieber, schweigen war sowieso besser, viel zu viele sinnlose, undurchdachte Worte geisterten durch diese Welt und er wollte wirklich nicht an ihrer Verbreitung beteiligt sein, nein, das wollte er keineswegs. »Also Valer, das ist wirklich interessant«, fuhr Jansen fort, er bemerkte nicht, dass seine Worte an einer Wand der Stille abgeprallt waren oder er nahm es nicht zur Kenntnis, egal, er lehnte sich vor, noch näher zu Noak, »der Tresor, weißt du, welch geniales System hinter diesen grauen Stahlwänden steckt? Nicht – das habe ich mir gedacht und dieser ist einer der Besten seines Faches – einbruchsicher, vollkommen unüberwindbar, dicht wie ein Sarg, wenn du mir diesen Vergleich gestattest.«

Jansen lehnte sich wieder zurück, Noak blickte ihn ratlos an.

»Das heißt, lieber Valer, der Tresor wurde zuerst geöffnet, dann demoliert, vielleicht um einen Einbruch vorzutäuschen und danach den Flammen überlassen. Also konnte nur eine Person für dieses Werk verantwortlich sein, die die Zahlenkombination kannte«, schloss er zufrieden.

»Jeder Tresor ist zu knacken«, erinnerte Noak, so war es zumindest bis jetzt gewesen, immer hatten Verbrecher eine Möglichkeit gefunden, den Schlupfwinkel. Warum nicht auch hier?

»Nein, dieser nicht. Er hat eine Alarmanlage eingebaut, die bei gewaltsamen Öffnen sofort unsere Kollegen von der Streife ruft. Jeder Dieb weiß das – außerdem ist der Tresor zu klein, um ein derartiges Risiko einzugehen. Da gibt es genug größere Tresore mit weit weniger Sicherheitsrafinessen und, davon gehe ich aus, wertvollerem Inhalt.«

»Über den Inhalt kannst du mir nichts sagen?«

»Partikel von verkohltem Papier war alles, was wir fanden. Es muss nicht einmal sein, dass diese von Dokumenten stammen, die drinnen lagen. Wie gesagt, der Tresor war vor dem Brand aufgebrochen worden und derjenige der das getan hat, wird wohl den Inhalt mitgenommen haben.«

Jansen musterte Noak kurz. »Wie weit seid ihr?«

»So weit, dass es für den Hauptverdächtigen immer enger wird«, sagte Noak, »er scheint ziemlich dumm vorgegangen zu sein. Dem Bericht der Feuerwehr konnte ich entnehmen, dass das Feuer mit Benzin gelegt worden war und zwar im Arbeitszimmer direkt neben dem Tresor.«

Jansen pfiff leise durch die Zähne. »Der Verdächtige war der Mann der Toten?«

Noak nickte nachdenklich.

»Dann ist er wirklich ziemlich blöd. Er hätte wissen müssen, dass er der Erste ist, auf den der Verdacht fällt! Wenn Liebhardt ein wenig überlegt hätte, wäre er vielleicht auf die Idee eines Kurzschlusses als Brandauslöser gekommen – den hätten wir ihm nicht so leicht nachweisen können.«

Wieder einträchtig zustimmendes Nicken.

»Jetzt ist er auch noch untergetaucht.«

»Nein!« Jansen starrte ihn an, »Wie kann ein einzelner Mensch nur so hirnverbrannt sein?«

Ja, das fragte sich Noak auch, hatte er sich schon oft gefragt, wenn man schon mordete, warum dann so dilettantisch, so offensichtlich? Da konnte man es auf offener Straße tun, so viele Beweise ließen manche Täter am Tatort zurück, keine Raffinesse, kein Schick, keine Liebe zum Detail, einfach nur Morden, blankes Morden.

»Er ist Chemiker, eigentlich wäre ihm mehr zuzutrauen, vielleicht ist er in den letzten Stunden auch durchgedreht, das passiert manchmal, dass jemand die Nerven verliert und sich wegschmeißt«, erklärte Noak, ja es war schwer zu verstehen, sehr schwer und dieser Fall überhaupt.

Jansen rückte den Stuhl zurück, sprang wieder auf seine Beine und klopfte mit den Knöcheln auf den

Tisch. »Muss wieder los, lass dich nicht unterkriegen, melde mich, wenn wir mehr wissen«, war weg, noch bevor Noak ein »Tschüss« hatte rufen können. Jansen und Gronwald waren einander irgendwie ähnlich. Auf eine ganz eigentümliche, unterschwellige Art.

Es klopfte, Ostenwaller trat ein: »Dr. Sosinski ist bei Gericht, er ruft zurück, wenn er fertig ist.«

Für heute hatte er wirklich genug, es war auch schon spät, sollte der Staatsanwalt auf seinem Handy anrufen, morgen war auch noch ein Tag, sie konnten auch morgen reden, so dumm, wie Liebhardt drauf war, machten die paar Stunden Verzögerung auch nichts mehr aus und als gemeingefährlich konnte man ihn wirklich nicht einstufen. Als dumm, von ihm aus, aber nicht gemeingefährlich.

»Ich mache Feierabend«, erklärte Noak und ging um den Schreibtisch herum, »Grüßen Sie Gronwald schön.«

Ostenwaller blickte ihm nach, ja der Chef hat sich´s verdient, dachte er, war ein langer Tag, er selbst sollte auch bald gehen. Nur noch auf Trientje warten und ab, weg von hier, sie müsste auch bald zurückkehren, so eine Pressekonferenz konnte nicht allzu lange dauern.

»Eigentlich kann ich Ihnen den Haftbefehl nicht geben, aber seine Flucht und der dringende Tatverdacht mischen natürlich die Karten neu, wenn man so sagen will«, sprach der Staatsanwalt und schlug die Fingerkuppen aneinander, »wenn Sie wirklich sicher sind, Herr Kommissar, wir würden gar nicht gut dastehen, wenn Ihr Verdacht nicht Hand und

Fuß hat. Gar nicht gut, die Presse mag uns sowieso nicht, Sie nicht und uns auch nicht, naja, zumindest sind wir ja zu zweit und Mc Donald's, den mag die Presse auch nicht.«

Noak fixierte die schmalen Lippen Sosinskis, wie sie sich wanden und formten und Worte hervorschlängelten, dass es ein Graus war, zu viele sinnlose Worte auf dieser Welt, einer der Hauptverursacher saß hier, ihm gegenüber und wälzte seinen Mund und zwängte Sätze zwischen seinen Zähnen hervor, die niemanden interessierten, Noak schon gar nicht, er wollte einen Haftbefehl und das jetzt, möglichst noch vor Mittag, es war auch schon wieder ziemlich spät.

»Sehen Sie, wir brauchen Liebhardt, um diesen Fall zu klären«, versuchte es Noak ein weiteres Mal, wo blieb Gronwald, sie kam bei dem Mann immer schnell ans Ziel, aber wenn man ihr loses Mundwerk einmal brauchte, kam sie zu spät, so war es eben auf dieser Welt, so und nicht anders.

»Das genügt nicht, Herr Kommissar«, teilte ihm Sosinski freundlich mit, »aber wie gesagt, der dringende Tatverdacht, das könnte möglicherweise zu einem Haftbefehl führen … wir müssen nur bedenken …«

»Wann kann ich diesen Haftbefehl in Händen halten, Herr Staatsanwalt? Unsere Zeit ist wirklich knapp bemessen«, unterbrach ihn Noak – nur das half, man sollte diesen Mann niemals aussprechen lassen!

»Naja, in zwei Stunden«, überschlug Sosinski, »ich werde meiner Sekretärin …«

»Sehr gut, dann sind wir uns einig!« Noak sprang auf und stieß seine Hand hervor, als wollte er den anderen erstechen, der wich auch ein wenig zurück, erhob sich langsam und schüttelte dem anderen die Hand, so was aber auch, der Herr Kommissar hatte es wohl wirklich eilig. Kaum hatte der Staatsanwalt die Tür hinter sich geschlossen, brüllte Noak nach Ostenwaller.

»Wo ist Gronwald?«

»Ich weiß es nicht.«

»Haben Sie sie gestern noch gesehen.«

»Ja, nach der Pressekonferenz.«

»Hat sie irgendetwas davon gesagt, dass sie heute später kommt?«

»Nein, kann ich mich nicht erinnern.«

Er konnte sich nicht erinnern, dann denk doch nach Junge, nachdenken! Wieso fiel das der Menschheit nur so schwer? Doch Ostenwaller schüttelte den Kopf, nein, da war nichts zu machen, sie hatte nichts gesagt. Noak schnaubte verdrießlich und knallte mit der Faust auf den Tisch, ja der musste schon einiges aushalten, der Tisch, zum Glück war er robust und hässlich, eben vom Staat, da war man Macken gewöhnt.

»Tut mir leid, bin heute etwas später dran«, schneite Gronwald in den Raum, blickte von Ostenwaller zu Noak und wieder zurück, »Ist was?«

»Der Chef hat auf dich gewartet.«

»Ach?« amüsiert blickte sie zu Noak, dieses Lächeln setzte sie ein, ja ganz bewusst, um ihn zu reizen, er wusste es, er würde eine Million dafür verwetten und das blöde, abgebrannte Haus, »Das tut er doch sonst auch nicht.«

Ohne eine Erklärung ließ sie sich auf ihren Stuhl sinken, schaltete ihr ratterndes Arbeitsgerät ein,

»Gibt´s was Neues?« so nebenbei, während sie nach einem Papier griff und sich Notizen machte. Sie ignorierte das Schnauben Noaks, der Ostenwaller mit einer kurzen Bewegung entließ.

»Sosinski war hier.«

Sie hob den Kopf, lag eine Herausforderung in dieser Geste? Wahrscheinlich, denn die Unschuld, die sie aufsetzte, machte ihn rasend, noch bevor sie etwas gesagt hatte, aber es würde kommen, unweigerlich, jetzt gleich.

»Wie nett. Wie geht es ihm? Habe ihn schon wirklich lange nicht mehr gesehen.«

Noak schwieg, er überlegte, wann an dieses Zimmer endlich angebaut wurde, damit er ein eigenes bekam, es war zeitweise wirklich unerträglich mit ihr, wirklich nicht zum Aushalten.

Verstohlen blickte Liebhardt über seine Schulter, näherte sich dem Bankschalter, sie würden seine Karten und Konten noch nicht gesperrt haben, das hoffte er, aber wieso sollten sie? Wenn er mit ihnen zahlte, würde er der Polizei sogar Spuren liefern und die wären ihr sicherlich willkommen, aber er würde ihnen einen Strich durch die Rechnung machen, einen großen Betrag abheben – damit würde er eine Zeit lang überleben können. Am Bahnhof natürlich, dann standen die Wege offen, nicht nur ihm, auch Noak und seinen Freunden, die Welt tat sich hier auf, man musste nur in einen der Züge steigen und schon hatte man sie, konnte fahren, wohin man wollte. Wie erwartet gab es bei dem kurzen Gespräch mit dem Angestellten keine Probleme. Als nächster

Schritt: zum Friseur, das Haar blondieren, vielleicht eine schicke Brille kaufen, neue Kleidung, am besten einen neuen Stil – alles kein Problem, hier in den Promenaden. Dann erst, ja, dann erst würde er sich seinem eigentlichen Ziel nähern, dem Bankschließfach.

»Sie haben mich nicht zurückgerufen«, empörte sich Finke und stemmte die Hände in die Hüften, »gutes Benehmen sucht man innerhalb dieser Mauern wohl vergeblich.«

»Genauso wie einen angenehmen Stuhl«, erwiderte Noak in einem seltenen Anflug von Gesprächigkeit, aber es ärgerte ihn, dass der Versicherungstyp dachte, er hätte nichts anderes zu tun, als ihm hinterher zu telefonieren – das Gegenteil traf zu, er hatte einen Fall zu lösen und zwar nicht irgendeinen, sondern einen besonders kniffligen, »aber vielleicht möchten Sie sich trotzdem setzen?«

Mit finsterer Miene nahm der Angesprochene Platz.

»Darf ich Ihnen einen Kaffee bringen?« wollte Gronwald liebenswürdig wissen und in diesem Moment mochte Noak sie wieder, denn keiner trank die schwarze Brühe, die die polizeieigene Kaffeemaschine ausspuckte freiwillig, nur die Süchtler manchmal, wenn es wirklich keine andere Möglichkeit gab. Der Automat wurde sogar gemieden, keiner trat gerne zu nah an ihn heran, vielleicht lag es auch daran, dass er manchmal kleine Fontänen sprühte, die sich nicht unbedingt schmeichelhaft auf den Uniformen oder was die Zivilen halt auch anhatten, machten.

»Ja, das wäre wirklich nett.« Das klang schon versöhnter und er warf Gronwald ein schnelles Lächeln zu, das sie erwiderte.

»Mit Milch?«

»Nein danke, pur, wie die Natur.«

Sie tauschte einen schnellen Blick mit Noak, der im Moment bester Stimmung zu sein schien, das war ja noch schlimmer, schwarz, dieses Gesöff, dieses Spülwasser, igitt, das taten nicht einmal die Süchtler, dann öffnete sie die Tür und schickte Ostenwaller. Der blickte sie kurz flehentlich an, vielleicht könnte er sie ja doch umstimmen, er wollte sich dem elektrischen Gerät nicht nähern, doch sie nickte bestimmt.

»Für Herrn Finke.«

Ein breites Grinsen teilte seine Lippen, »Aber gerne. Warum ist Noak das nicht heute bei Sosinski eingefallen?«

Sie hätte erwidert, dass Sosinski nur Tee trank, seitdem er einmal diesen Kaffee probiert hatte, danach hatte er nie wieder eine Tasse angerührt, nirgendwo, man konnte ja nicht wissen, ob der nicht in Wirklichkeit überall so schmeckte, in seiner ursprünglichen Form und nur mit Aromastoffen, Zucker und Milch zu einem angenehmen Getränk komponiert wurde. Aber dafür war keine Zeit, sie wollte dem Gespräch der Männer lauschen und kehrte an ihren Platz zurück.

»Was führt Sie nun also zu uns?« Noak erstaunlich höflich, sie hörte ihn trotzdem, den sarkastischen Unterton.

»Die dringende Bitte, den Liebhardt Fall vorrangig zu bearbeiten. Ich habe nämlich mit Hilfe meiner

Mitarbeiter etwas herausgefunden, ja, wir arbeiten schnell ...«

Noak musste sich wirklich bemühen, nicht zu lachen, zum Glück lenkte Gronwald Finke ab, indem sie einwarf: »Sie meinen wirklich, wir sollten den Einbruch beim Dönerstand um die Ecke, zurückstellen? Das wird dem Präsidenten gar nicht gefallen.«

Entgeistert starrte Finke nun sie an, meinte sie es ernst? Aber das konnte nicht sein, bei der Polizei waren sie doch normalerweise nicht so dumm, das konnte er sich wirklich nicht vorstellen, aber die Kommissarin blickte so ernst und auch Noak schien nicht zu scherzen – im Gegenteil – er hustete im Moment, wahrscheinlich war er erkältet.

»Ja, ich würde den Liebhardt Fall unter allen Umständen priorisieren«, setzte er eindrücklich nach, nein, wohin führte das noch alles, wenn nicht einmal die Polizei die Dringlichkeit einer solchen Angelegenheit erkannte, nicht auszudenken – der Untergang!

»Gut, wenn das so ist, können wir vielleicht ein paar Minuten für diese Angelegenheit erübrigen, was meinst du, Trientje?«

Sie zuckte mit den Schultern, ja Spaß konnte man mit ihr haben, er vergaß es immer wieder, da kam auch schon Ostenwaller nach einem kurzen Klopfen herein und servierte den Kaffee mit unbewegtem Gesicht. Dann zu Finke: »Bitte erzählen Sie uns von Ihrer überaus wichtigen Entdeckung.«

Finke nahm einen kleinen Schluck, ekelhaft, es war eine Zumutung hier arbeiten zu müssen, unter solchen Bedingungen, da lobte er sich schon seine kleine Nespresso-Maschine mit den Espresso Tabs, diese Crema, dieser vollaromatische Geschmack der Kaffeebohne, kein Vergleich zu diesem Regenwasser, eigentlich dürfte man es nicht Kaffee nennen. Das nächste Mal würde er die Kommissare zu sich bitten, dann würden sie Augen machen, wahrscheinlich hatten sie noch niemals in ihrem Leben richtig guten Espresso getrunken! Er stellte die Tasse auf den Schreibtisch, war da nicht ein Funke Spott in den Augen des Kommissars aufgeblitzt? Nein, unmöglich, der Mann kannte weder guten Kaffee, noch Humor!

»Als Versicherung sind wir natürlich bemüht, Schadensummen so gering als möglich zu halten, Versicherungsbetrug als solchen zu enttarnen und trotzdem ein vertrauenswürdiger Partner für unsere Kunden zu sein.«

Noak nickte gelangweilt, warf einen bedeutungsvollen Blick auf seine Armbanduhr, nein, kein Humor, kein guter Kaffee, schlechtes Benehmen, er war geradezu unhöflich, wahrscheinlich machte ihn das Beamtendasein krank, kein Wunder.

»Deswegen ist es uns natürlich wichtig, den genauen Bestand der Einrichtungsgegenstände, sowie Wertsachen, die sich zur Zeit des Brandes innerhalb des Hauses aufhielten ... ich meine ... anwesend waren ... ich meine das können ja Sachen nicht sein ... sich im Haus befanden, ja, also im Haus befanden ... was wollte ich ... Wertsachen, Bilder, wenn Sie verstehen, genau zu erfassen.«

Noak hatte wieder zu seiner gewohnten, steinernen Miene zurückgefunden und starrte durch sein Gegenüber hindurch, konnte der Mann keinen anständigen Satz bilden, glaubte er, sie hatten ewig Zeit seinem Gestotter zuzuhören, meine Güte, lauter Idioten auf dieser Welt und die meisten liefen hier herum, natürlich auf der Polizeidienststelle, wo sonst?, denn hier kam er ihnen nicht aus, musste sich mit ihnen befassen, mit ihnen und ihren Debilitäten, wenn man das so sagen konnte.

»Ja? Kommen Sie endlich auf den Punkt, Finke!«

»Sie haben in Ihrem Leben noch niemals guten Kaffee getrunken, stimmt's? Deswegen sind Sie so ein Widerling!« kotzte sich Finke aus.

»Da haben Sie Recht«, schaltete sich Gronwald ein, »an gutem Sex mangelt es ihm auch. Er ist wirklich zu bedauern, unser lieber Herr Noak.«

Sie war wirklich unverschämt, diese Person, was hatte Noak vor wenigen Minuten gedacht? Er mochte sie? So etwas Dummes, er konnte sie nicht ausstehen, zu keiner Sekunde!

»Weiter«, forderte er unbeeindruckt.

»Die meisten ihrer wertvollen Kunstwerke, haben die Liebhardts vor wenigen Wochen an diverse Museen verliehen, sie befanden sich also, Gott sei Dank nicht im Haus!«

Gronwald beugte sich ein wenig vor. »Sie möchten damit sagen, dass kein teures Gemälde verbrannt ist?«

»So ist es, vielleicht ein zwei unwichtigere Werke junger Künstler, ein Maurizio Camatta vielleicht, ein zwei Bilder von Franco Anselmi – Liebhardt bevorzugte italienische Kunst. Aber sonst, Monet, Spitzweg, Warhol, Richter und noch einige klanghafte Namen: alles verliehen.«

»Wissen Sie, ob Liebhardts öfter so zuvorkommend waren und sich von ihren Bildern trennten? Ich habe von Kunstsammlern gehört, die zeigen nicht einmal ihren Freunden, welche Gemälde sie erworben haben.« Was Gronwald wirklich merkwürdig fand, wozu hatte man denn Bilder, wenn man sie nicht ausstellte, sei es auch nur in den eigenen vier Wänden?

»So weit ich weiß, war es das erste Mal, entweder Glück für die Kunst, oder kühle Berechnung der Eigentümer«, erwiderte Finke, »wobei ich auf Zweiteres tippe.«

»Wunderbar« sagte Noak, »noch einer, der hilft, den Fall zu lösen!«

Finke erhob sich, wandte sich zu Gronwald. »Ich bitte Sie inständig, sich um diesen Fall zu kümmern«, wiederholte er sein Anliegen und Gronwald meinte beruhigend: »Keine Sorge, er ist bereits ganz oben auf unserer Prioritätenliste.«

»Aber, der Döner...?«

Sie zuckte entschuldigend mit den Achseln, Herr Finke wurde rot, er war ihnen auf den Leim gegangen, sie hatten ihn verspottet, alle beide, mit ihnen würde er sich nicht mehr herumschlagen, über ihn lachte man nur einmal! Ohne ein weiteres Wort stürmte er aus dem Raum.

»Den haben wir jetzt wirklich verärgert«, meinte Gronwald und wirkte nicht sehr traurig darüber, vielleicht nur ein wenig betrübt, ganz, ganz wenig maximal.

»So dumm er auch ist, hat er uns doch eine interessante Neuigkeit mitgeteilt.«

Noak erhob sich und schritt im Raum auf und ab.

»Stellt sich nur die Frage, ob das die Schuld von Herrn Liebhardt beweist, oder genau das Gegenteil.«

Absätze über einem Marmorboden in endlosen Gängen, der Hall, der sie zurückwarf immer wieder, auch das leise Schleifen, wenn man den Fuß nicht richtig anhob oder das Scheppern von Schlüsseln, so musste es in den Katakomben eines Bestattungsunternehmens sein. Der Bankbeamte schloss eine dicke Stahltür auf, trat zurück und entfernte sich, während Liebhardt langsam auf sein Bankschließfach zuging. Zum Glück wusste die Polizei nichts von diesem Ort und so konnte er ungehindert zu seinem Eigentum kommen, zu seinem Bankschließfach, wenigstens das war ihm noch geblieben, nach dem Haus, Clarissa und Melanie. Er hatte seine ehemalige Geliebte noch immer nicht telefonisch erreicht – vielleicht hatte sie ein neues Handy gekauft, wollte sich nicht finden lassen von ihm. Vorsichtig tippte er den Zahlencode ein, das Schloss rührte sich nicht. Das war unmöglich, stand er versehentlich vor dem falschen Fach? Nein, es stimmte, es war das richtige Fach, er hatte sich vertippt, sicherlich, noch ein Versuch, verdammt, warum ging es nicht auf? Er rüttelte ein wenig daran, es wäre zu auffällig, wenn er jetzt den Manager kommen ließe, das konnte er sich bei seinem derzeitigen Stand als Gesuchter – davon ging er aus, dass er einer war – nicht leisten, es war sowieso schon riskant genug gewesen, überhaupt hierher zu kommen. Kurz lehnte er den Kopf an den kühlen Stahl, das Pech schien ihn zu verfolgen, was sollte er nun tun? Er saß so tief drinnen, so, wie in einem Moor, bei jeder Bewegung wurde er tiefer gezogen, bald würde ihm die Suppe bis zum Hals stehen und dann, was dann?

»Der Haftbefehl«, sagte Leine und legte das Papier vor Noak auf den Tisch, der nickte nur, er hatte ihr noch immer nicht vergeben, wie es aussah, »wenn ich etwas sagen dürfte?«

Noak blickte auf, hob seine Augenbrauen an, das war das Zeichen, dass er nichts dagegen einzuwenden hatte, sie kannte es schon, dann sagte sie: »Zuerst das mit dem Benzin, dann der Tresor, die Schulden und nun das mit den Bildern, alles Hinweise auf Liebhardt, der, wenn er wirklich dahinter steckt, es fast nicht verdient zu atmen, weil man sich fragen müsste, welches Gehirn Sauerstoff benötigt, verstehen Sie?«

Noak verschränkte die Arme, manchmal wirkte er wirklich arrogant, doch das würde sie nicht aus der Ruhe bringen.

»Was, wenn jemand all diese Beweise gelegt hat, um sich an ihm zu rächen?«

Jetzt war es heraußen, sie starrte ihn an, mit weit-aufgerissenen Augen, hoffentlich würde er sie jetzt nicht auslachen, aber nein, so sah es nicht aus, er verzog keine Miene, deutete auf den Stuhl, »Setzen, Leine.«

Sie setzte sich.

»Das ist ein interessanter Gedanke«, lobte nun Noak ein wenig besänftigt, »sollten wir Liebhardt finden, werden wir ihn nach seinen Feinden befragen. Trientje, händige Ostenwaller ein paar Duplikate des Haftbefehls aus, er soll unverzüglich einige von den untätigen Kollegen auf die Suche schicken.«

»Es gibt keine untätigen Kollegen, Valer«, erklärte Gronwald.

»Dann eben leichter abkömmliche, habe ich mich so ausgedrückt, dass auch du nun verstehst, was ich meine?«

Er konnte fast sehen was sie dachte, im Moment verwünschte sie ihn, aber das hatte er sie heute auch schon – also Gleichstand. Sie erhob sich würdevoll, ging aus dem Raum.

»Haben Sie sich sonst noch Gedanken gemacht, Leine?«

Sie nickte. »Ich hatte gestern einen freien Nachmittag, wie Sie wissen, da kommt man mehr zum Denken als hier.«

»Dann sollte ich Sie wohl häufiger nach Hause schicken.«

Sie biss sich auf die Lippen.

»Wir haben uns noch viel zu wenig mit Frau Richter befasst«, meinte sie ein wenig atemlos, »Sie ist an dem Tag verschwunden, an dem sich das Haus in Luft aufgelöst hat. Finden Sie das nicht merkwürdig?«

»Das kann Zufall sein.«

»Das ist richtig. Aber angenommen, das war es nicht. Angenommen, Sie wusste, dass Liebhardt nicht im Haus war, nur Clarissa, übrigens ihre beste Freundin. Vielleicht gönnte sie ihr das Glück mit ihrem Geliebten nicht, vielleicht hat er sich geweigert Clarissa zu verlassen, wer weiß? Und sie ist giftig geworden und hat sich immer mehr geärgert und dann einen Plan ausgeheckt.«

»Sie hat den Tresor aufgebrochen, Clarissa verklickert, dass sie sich an der Börse verspekuliert hat, Liebhardt dazu überredet, die Bilder zu verleihen, was er noch niemals zuvor getan hatte ...«, fuhr Noak aufzählend fort, er wollte ihr die Abwegigkeit ihrer Vermutung vor Augen führen.

»Nein«, unterbrach Leine, bemerkte nicht einmal, dass Gronwald zurückkam, »lassen Sie das alles weg, den Tresor, die Schulden, die Bilder. Das kann alles Zufall gewesen sein.«

»Also das mit den Bildern am ehesten«, widerprach Noak.

»Vielleicht war in dieser Nacht wirklich ein Einbrecher im Haus und es war reiner Zufall, dass Frau Richter danach das Feuer legte.«

»Jansen von der Spurensicherung hat mir gestern erklärt, dass man diesen Tresor nicht knacken kann.«

»Ach so«, seufzte Leine entmutigt und verstummte.

»Aber in einem Punkt haben Sie Recht«, munterte Noak sie auf, »wir haben uns noch viel zu wenig mit Frau Richter befasst. Finden Sie bitte heraus, ob sie gestern tatsächlich in die USA aufgebrochen ist.«

Leine erhob sich und verließ den Raum.

»Willst du Frau Richter befehlen, nach Deutschland zurückzukehren?« wollte Gronwald gereizt wissen, sie war noch immer sauer auf Noak, so schnell war sie nicht versöhnt, nein, sicher nicht, dann würde er meinen, er könnte immer so mit ihr sprechen.

»Nein«, antwortete Noak, »aber für diesen Fall haben wir noch meinen Freund Shabaz Kathun.«

»Den Privatdetektiv?« fragte Gronwald erstaunt, das war wohl nicht möglich, dass er das ernst meinte, nein, nicht Noak.

»Genau. Wir werden ihn nach Houston schicken, vorausgesetzt Frau Richter hat Deutschland wirklich verlassen.«

»Das ist eine äußerst ungewöhnliche Methode.«

»Willst du dich auf die Ami-Kollegen verlassen? Die waren ja nicht einmal in der Lage – trotz Warnungen – ihre zwei Türme zu halten? Du glaubst doch nicht Großmann lässt uns rüberfliegen?«

»Nein. Aber wer bezahlt Kathun?«

»Die Spesen.«

Gronwald schüttelte den Kopf, dieser Noak war immer für eine Überraschung gut, da dachte man ihn zu kennen und dann, eine Äußerung und man entdeckte, dass einem dieser Mann ein Rätsel war. Ihr genügte das eigene Rätsel zuhause, deswegen würde sie Noak einfach hinnehmen und nicht weiter über seine Regungen und was ihn so antrieb nachdenken, sie würde es nicht verstehen, es wäre ein mathematisches Chaos, also besser, man ignorierte ihn, zumindest in Gedanken.

»Haben wir irgendwo Zugriff auf Frau Liebhardts DNA?« wollte Mansour wissen und schloss die Tür hinter sich. Die kleine Anouk, welch willkommener

Anblick, wirklich, er freute sich, sie zu sehen. Noak zuckte die Achseln.

»Wir könnten in ihrer Firma anrufen und ihr Büro auf den Kopf stellen.«

»Zu aufwändig. Gibt es vielleicht ein Auto oder einen Spind in einem Fitnessclub? Ist doch einer bei denen ums Eck.«

»Der Wagen von Liebhardt«, schaltete sich Gronwald ein, »wenn er uns nicht zuvorgekommen ist, müsste er noch vor Richters Wohnung stehen.«

»Sehr gut!«

Monsour griff nach dem Telefon, wählte eine Nummer und beauftragte zwei von Noaks Kollegen, das Fahrzeug auf Spuren zu überprüfen und in Gewahrsam zu nehmen.

»Wozu, liebe Kollegin?« Noak lächelte dünn.

»Zur Sicherheit«, erwiderte sie, »so habe ich es in Frankreich gelernt.«

Soviel zu deutscher Präzision, dachte Noak, aber so war es, wenn man mit Frauen zusammenarbeitete, immer mussten sie einen übertrumpfen.

»Ich denke nicht, dass das nötig ist«, brummte er, fühlte er sich doch auf den Schlips getreten, aber das würde er nicht zugeben, er würde gar nichts zugeben, nein.

»Ich schon«, entgegnete sie und ging zur Tür, »einen schönen Tag noch.« Das im Hinausgehen und weg war sie, so leer war der Raum plötzlich, so verlassen.

»Ach«, sagte sie und streckte den Kopf noch mal herein, »Frau Gronwald, haben Sie schon Mittag gegessen?«

54

Gronwald erhob sich, winkte Noak zu, »Nein, aber ich habe riesigen Hunger.«

Plötzlich war er wieder allein, mit ihm wollte wohl keiner essen gehen, um ihn kümmerte sich niemand und der blöde Kaffee von Finke stand noch immer auf seinem Schreibtisch, warum hatte den noch niemand weggeräumt? Ja, so war es, wenn man für den Staat arbeitete, man hatte nicht einmal eine eigene Sekretärin, die sich um solche Angelegenheiten kümmern könnte, nein, man musste sie auch noch mit zwei weiteren Abteilungen teilen.

Ein Klopfen, Leine. »Frau Richter hat Deutschland tatsächlich gestern verlassen und zwar in einem Flugzeug über Frankfurt in Richtung Houston, wie auf dem »Post-it« angekündigt.«

Noak runzelte die Stirn, »Schade, wir hätten uns viel Arbeit erspart. Bitte rufen Sie Kathun an. Er soll so schnell wie möglich hierher kommen.«

Leine nickte, wollte sich zurückziehen, aber Noak sprach weiter: »Und schicken Sie mir Ostenwaller herein.«

Nochmaliges Nicken, dann verschwand sie, ließ die Tür offen stehen, zahlte sich nicht aus, Energien unnötig zu verschwenden, wenn Ostenwaller in wenigen Sekunden den gleichen Weg gehen würde. Noak fragte sich, warum sie nicht gleich um die Informationen bat, um sie Ostenwaller mitzubringen, dann bräuchte der gar nicht kommen, sich gar nicht in Bewegung setzen, seinen A… gemütlich weiterhin in den Sessel quetschen und keine unnützen Energien würden verbraucht, keine Kalorien verbrannt, ja man sollte wirklich wirtschaftlicher denken.

»Ja, Chef?«

»Gibt's eine Spur?«

»War auf dem Weg zu Ihnen, als ich Leine traf«, nun, dann nur halbe nutzlos hinausgepuffte Energien, so ein Glück aber auch, und die Erde dreht sich weiter, »Liebhardt hat bei einer Bank Geld abgehoben und zwar nicht wenig.«

»Ist schon wer auf dem Weg dorthin?«

»Ja, wer und zwar zu zweit.«

Was war nur heute los, sogar Ostenwaller war frech und der war normalerweise wirklich ein Muster an Unterwürfigkeit, aber kein Wunder, irgendwann wurde jeder von den Frauen verdorben, das waren halt noch Zeiten, wo sie maximal Chef-Sekretärinnen werden konnten!

»Sonst noch etwas?«

»Nein.«

Das war nicht viel, es brachte sie der Lösung des Rätsels auch nicht näher, nicht ein kleines bisschen, und Liebhardt rannte wohl noch immer durch die Stadt.

»Halt, bevor Sie gehen, bei welcher Bank war das?«

»Kann ich Ihnen in einer Sekunde sagen, liegt auf meinem Schreibtisch.«

War schon weg, ohne ein weiteres Wort, Energieverschwendung, warum hatte er den Zettel nicht gleich mitgenommen, als er sich auf den Weg zu ihm gemacht hatte, das kostete Kraft und Zeit und überhaupt?

»Bei der Postbank am Bahnhof.«

Noak sprang auf. »Am Bahnhof?«

Ostenwaller starrte ihn an, nur langsam dämmerte ihm, was den Chef so aufregte, warum war er selbst nicht schon viel eher darauf gestoßen?

»Glauben Sie, er ist …?«

»Entweder das, oder er will uns täuschen, auf alle Fälle ist er bei seiner Flucht bisher weitaus klüger vorgegangen, als bei den anderen kriminellen Tätigkeiten, die wir ihm unterstellen.«

Ostenwaller kratzte sich den Kopf, »Und jetzt?«

»Jetzt geht mal eine Information an alle Polizeidienststellen deutschlandweit hinaus. Wir werden den Kerl bald haben.«

»Ja, hoffentlich. Ich werde die Kollegen sofort informieren.«

Noak kam gar nicht mehr nach mit dem Protokollieren, eine Lawine, wie er gesagt hatte, dann sollte er noch seine Gedanken strukturieren, am besten den ganzen Fall ein bisschen in Form bringen, vielleicht hatte er ein Detail übersehen – wie lange war Gronwald jetzt eigentlich schon fort?

»Herr Kathun«, sagte Leine und stieß die Tür auf. Die Zeit verging, es war bald später Nachmittag.

»Shabaz«, rief Noak herzlich aus, er mochte den Perser wirklich, sie kannten sich schon fast seit dem Kindergarten, »schön, dass du so schnell kommen konntest!«

»Für meinen Freund würde ich alles liegen lassen«, antworte Kathun mit einem Blitzen in den Augen das Noak so gut kannte, er war ein Geschichtenerzähler, ein Mann für lange Abende, sie reichten einander die Hand, den dreifachen Wangenkuss ließen sie aus, sie waren ja hier auf der Polizei, Kultur war an diesem Ort ein Fremdwort; und ausländische Sitten und Bräuche, Vokabeln, die sogar im Duden nicht aufschienen – ja so war es hier, ein richtiger Zustand, ein Schmelztiegel an Unwissenheit und dazwischen die Idioten, von denen es auch noch so wimmelte. Aber die Menschheit pflanzte sich fort und existierte schon ziemlich lange, über die genaue Zeitspanne war man sich nicht einig, im Prinzip war es Noak egal, aber er vertrat die Theorie, dass der Neanderthaler zwar sein Äußeres verändert hatte, aber im Inneren gleich geblieben war, zumindest, was die Intelligenz betraf.

»Setz dich.«

Gleichzeitig ließen sie sich auf ihre Stühle sinken, Noak, wie immer schnell und ohne Umschweife: »Hast du Lust einen kleinen Trip nach Houston zu unternehmen?«

Kathun lächelte und drehte seine Handflächen nach oben, es war eine zugleich rührende als auch spöttische Geste, »Glaubst du, die Amis lassen mich einreisen?«

»Du bist Perser, kein Araber.«

Kathuns Lächeln vertiefte sich, er stand auf, öffnete die Tür und deutete Leine. »Sie, meine Liebe, hätten Sie kurz Zeit?«

Leine kam zögernd näher, überrascht von dem freundlichen Tonfall, der war innerhalb dieser Mauern nicht üblich, so sprach man hier nicht, das gute Benehmen legte man vor der Tür ab, da gab es einen Abfalleimer nur dafür. Kathun schloss die Tür hinter ihr.

»Welcher Abstammung, glauben Sie, bin ich?«

Eine einfache Frage, dachte Leine, das war unübersehbar, »Arabisch.«

»Ich bin Perser.«

»Ich sagte doch, arabisch.«

Er wandte sich zu Noak: »Siehst du, wenn sie nicht einmal den Unterschied kennt, woher sollen es dann die Geographieasse da drüben tun? Danke«, sagte er zu Leine und öffnete ihr wieder die Tür, sie verstand kein Wort, wovon sprach er eigentlich, aber egal, sie hatte andere Dinge zu tun. Sie wollte die Tür gerade schließen, ließ sie aber offen, da sie Gronwald kommen sah.

»Ah, Herr Kathun, das ging aber fix«, lachte diese und schüttelte dem Mann die Hand, er verbeugte sich leicht.

»Wie geht es Ihnen?«

»Gut«, lächelte Gronwald, »hat Noak Ihnen schon von dem Abenteuer berichtet?«

»Er hat begonnen, wir sind bei den Einreiseformalitäten hängen geblieben.«

»Darüber würde ich mir keine Gedanken machen, die sind schon wieder viel lockerer, außerdem haben die den Fragebogen überarbeitet. Er ist jetzt noch sicherer und filtert zu hundert Prozent mögliche Terroristen aus. Und das bereits in der Luft!« Während sie sich setzte, »Abgesehen davon, würde ich mich sicherer fühlen, wenn ich Sie an meiner Seite wüsste.«

Kathun blickte fragend zu Noak, »Heißt das, Frau Gronwald fliegt ebenfalls?«

Noak blickte seinerseits fragend zu Gronwald, »Wovon sprichst du, Trientje?«

»Ich war soeben beim Präsidenten und bat um die

Erlaubnis, bei einer Weiterbildung in den Vereinigten Staaten teilzunehmen, die sich glücklicher Weise mit brennenden Körpern befasst und, noch besser, in Houston stattfindet, wo sich Frau Richter ja angeblich aufhält. Mansour wird diesen Kongress ebenfalls besuchen – sie hat mich erst auf die Idee gebracht. Großmann hat mir den Ausflug genehmigt, deswegen werde ich jetzt nach Hause fahren, um meine Koffer zu packen.«

»Was?« stieß Noak verblüfft hervor, »Großmann hat was?«

»Er hat mir diese Dienstreise genehmigt, nachdem ich ihm versichert habe, dass du sicherlich nichts gegen meine Abwesenheit hast, im Gegenteil, du ja diesen Fall so schnell als möglich abschließen willst: das geht umso schneller, wenn einer von uns in die Staaten fliegt.«

»Mansour fliegt auch mit?«

Das konnte Noak nicht fassen, was hatte Gronwald nur mit Großmann gemacht, ihm hätte er das sicherlich nicht gestattet, aber so war die Welt, die Frauen gewannen immer – immer, und das war wirklich zum Kotzen! Gronwald wühlte in einer Lade und fuhr dann den Computer hinunter.

»Ich weiß nicht einmal, worum es bei der ganzen Sache geht«, stellte Kathun fest.

»Das soll Noak Ihnen erklären und den Rest erfahren Sie von mir. Wir werden ja ein paar Stunden nebeneinander sitzen«, stichelte Gronwald in Noaks Richtung und warf sich die Tasche über die Schulter, »Ach ja, wegen dem Flug, Leine teilt Ihnen die Details mit, dann können Sie ebenfalls buchen. Wir bleiben in Kontakt, Valer, eine schöne Woche noch!«

Noak sprang auf, so ging das nicht, aber wirklich nicht, mit wem dachte sie, dass sie sprach?

»Schicke auf der Stelle Mansour zu mir«, donnerte er, dann etwas besänftigter, »du kannst jederzeit anrufen, egal ob es hier Mitternacht ist, wenn du etwas Wichtiges in Erfahrung bringst.«

»Das hätte ich so und so gemacht. Sonst noch etwas?«

»Guten Flug.«

Noak fuhr sich mit der Hand über die Augen, hier lief alles drunter und drüber und dann fiel ihm auch noch Großmann in den Rücken, er hatte hundertprozentig angenommen, dass er sich wenigstens auf diesen Mann, was seine Entscheidungen anging, verlassen konnte, aber er hatte sich wieder einmal geirrt – fatal.

»Also, worum geht es eigentlich?«

»Zu viel darf ich dir leider nicht verraten, abgesehen davon, kann ich es dir auch nicht genau sagen, alles was du tun musst, ist eine gewisse Frau Richter ausfindig zu machen und Frau Gronwald zu unterstützen. Nebenbei findest du vielleicht etwas, wonach man suchen kann oder eine Antwort auf eine Frage, die noch keiner gestellt hat.«

»Ich sehe, ganz einfach, geradezu ein Kinderspiel«, neckte Kathun, das war wirklich eine haarige Angelegenheit und er würde für die Vorbereitungen wahrscheinlich die ganze Nacht benötigen, aber schlafen konnte er ja morgen über den Wolken, obwohl er eigentlich lieber mit Gronwald geplaudert hätte …

und mit … Mansour, die soeben eintrat und sich vorstellte, war sie verheiratet? Ein paar anerkennende Worte auf Farsi und eine bissige Antwort von Noak in der gleichen Sprache.

»Kathun«, stellte er sich schließlich vor, sie blickte ihn kurz an, »Ich freue mich, Sie auf Ihrer Reise begleiten zu dürfen!«

»Ist das Ihre Idee?« fragte sie Noak auf den Perser deutend, der nickte, dann wandte sie sich dem Fremden zu, »Ich heiße Mansour. Am besten Sie halten sich aus meinen Angelegenheiten raus.«

»Wenn Sie Ihre Finger von meinen lassen …«

Schweigend maßen sie einander, dann Mansour zu Noak: »Ich bin auf dem Weg nach Hause, wollten Sie etwas Bestimmtes?«

»Ja, das Detail erfahren, das sowohl Ihnen als auch Gronwald das Ticket nach Amerika eingebracht hat.«

Kathun erhob sich, trat den Rücktritt an, »Ich warte draußen«, war weg, noch bevor Noak, »Danke«, sagen konnte, aber so war es, einmal war er höflich und dann hörte es niemand.

»Ich wollte deswegen mit Ihnen noch nicht darüber sprechen, weil ich mir zurzeit nicht gänzlich sicher bin«, erklärte Mansour zögernd, setzte sich, »aber egal. Ich werde es in Houston in Erfahrung bringen.«

»Was? Ich will meine und Ihre Zeit nicht unnötig …«

»Sie war gefesselt.«

»Bitte? Wer?«

»Frau Liebhardt. Sie war mit großer Wahrscheinlichkeit gefesselt, als das Feuer gelegt wurde.«

»Sie meinen, es war kein Unfall?«

»Nein. Ich habe Ihnen doch gesagt, dass mich etwas
an der Art stutzig machte, wie die Leiche vorgefun-
den worden war.«

»Erklären Sie!«

»Wenn ein normaler Körper brennt, krümmt er
sich. Die Arme, zum Beispiel würden niemals eine
gestreckte Haltung beibehalten, da der Beuger der
stärkere Muskel ist und den Arm in abgewinkelte
Position bringen würde. Das war bei der Leiche definitiv nicht der Fall. Ich bin überzeugt davon, dass
sie angebunden war.«

Noak starrte sie an, er konnte es nicht glauben und
das hatte sie ihm verschwiegen, noch schlimmer,
dem Präsidenten von ihrem Verdacht erzählt, aber
ihm gegenüber nicht einmal angedeutet?

»Mord?«

»Wie es aussieht. Während meiner Abwesenheit,
werden die Kollegen die DNA entschlüsseln und vergleichen, deswegen das Auto.«

Noak beugte sich vor und vergrub den Kopf in
seinen Händen, er hörte, wie sie aufstand, fühlte
kurz darauf überraschender Weise Wärme auf seiner Schulter und blickte auf. Die kleine Anouk stand
neben ihm und lächelte ihn freundlich an.

»Nehmen Sie es nicht zu schwer, Noak, wir tun
drüben unser Bestes und Sie hier. Wenn wir zurück-
kommen, haben wir den Fall geklärt.«

»Gute Arbeit, Mansour«, meinte er anerkennend,
»Passen Sie auf sich auf.«

Viel zu schnell war die zarte Berührung wieder unterbrochen und er allein in seinem Büro, das Leben war manchmal wirklich gemein, jetzt flog Gronwald mit ihr und mit höchster Wahrscheinlichkeit auch Kathun, dieser Frauenheld. Er würde seinem Freund schon noch Instruktionen geben, wie er Mansour zu behandeln hatte, oder besser, wie nicht und er war selber schuld, hatte sich aus eigenem Antrieb an Kathun gewandt, nichts ahnend und dann das. Jetzt gerade trat dieser mit einem erwartungsvollen Lächeln ein, ja ich weiß, was du denkst, du Schlaumeier, aber ich warne dich, sie gehört mir, schon lange.

»Dass du dich da nicht irrst«, sagte Kathun und setzte sich. Das hatte Noak davon, dass er seine Gefühle für ein paar Minuten nicht unterdrückt hatte, schon musste einer kommen, der in seinem Gesicht las, wie in einem Buch, das hatte er nun davon, das hatte er nun von allem und am meisten davon, dass er es gut mit der Welt meinte.

»Nun, da Gronwald und Mansour fliegen, sehe ich keinen Grund mehr …«

»Ich fliege«, erklärte Kathun, »auch wenn die Einreise noch so schwer wird!«

Das hätte Noak sich denken können, ja, das sah Kathun wieder ähnlich, eine solche Chance wollte er sich nicht entgehen lassen, mit zwei Frauen reisen, der Hahn im Korb sozusagen, das mochte er, ja das machte ihm Spaß. Ein klein wenig beneidete Noak ihn um diese Reise, nein, nicht nur ein klein wenig, sehr sogar!

»Na, dann«, meinte Noak und verschränkte die

Arme, lehnte sich zurück, »na, dann. Dann werde ich dich mal ein wenig in den Fall einführen.«

Nachdem Kathun gegangen war, drehte sich Noak mit einem schweren Seufzer zu seinem Bildschirm, angelte sich die Tastatur und wollte soeben ein Protokoll zu tippen beginnen, diese lästige Pflicht, aufschieben würde die Angelegenheit auch nicht besser machen, im Gegenteil, es war jetzt schon schwer genug, sich diverser Einzelheiten zu erinnern, aber Protokolle mussten eben sein, sich erneut darüber auszulassen, wäre nur Zeitverschwendung, deswegen weiter, weiter damit, als die Tür aufging, Leine hereintrat und sagte: »Entschuldigung, aber da ist ein Herr, der Sie sprechen möchte.«

Noak flippte die Tastatur wieder weg – musste der Papierkram halt warten. »Worum geht's?«

»Weiß ich nicht so genau, er wollte es mir nicht verraten, hat nur angedeutet, dass er mit Herrn Liebhardt eng befreundet ist.«

»Er soll hereinkommen.«

Leine verschwand, der Türrahmen hatte für kurze Zeit niemanden mehr, den er einrahmen konnte, aber nicht lange, schon stand ein großer, schlanker Mann in seiner Mitte, dessen Kopf von dem Bildausschnitt, das der Rahmen unbedingt zaubern wollte, abgeschnitten wäre, wenn er ihn nicht einziehen würde – aber auch ohne Kopf wäre es ein durchaus spannendes Bild gewesen.

»Bitte, nehmen Sie Platz«, meinte Noak ungewohnt höflich und der andere ließ sich auf den Stuhl sinken, er war ein wenig bleich, hatte dunkle Ringe unter den Augen, seine Hand zitterte, als er sich durch sein dunkelbraunes Haar fuhr, »Was führt Sie zu mir?«

Der Mann hatte unentwegt vor sich hingestarrt, als existiere nichts mehr für ihn, außer diesem Starren, keine Welt, keine Menschen, nur diese Leere in einer anderen Ebene, weit weg von diesem Ort und dieser Polizeidienststelle. Erst als Noak ihn angesprochen hatte, schien er langsam zurückzufinden in die Realität, in das Hier und Jetzt, in den Schmerz der Zeit.

»Wo ist Frau Liebhardt?«

»Weshalb interessiert Sie das?«

»Ich habe heute in der Zeitung von dem Brand ihres Hauses gelesen, klar soweit, natürlich hatte der Bericht ihren Namen nicht erwähnt, aber die Beschreibung des Hauses und der Lage genügte, um zu wissen, um welches es sich handelte, klar soweit? Es gab nur ein Haus wie dieses und jetzt ist es eine Ruine.«

»Klar soweit«, sagte Noak, »es tut mir leid, aber wir können nicht jedem architektonisch interessiertem Bürger, Details über aktuelle Fälle anvertrauen, wenn Sie verstehen.«

Der Mann nickte, kurz dachte Noak, er wollte erneut in seine Traumphase abtauchen, dann klärte sich sein Blick aber wieder, trotzdem klang seine Stimme unnatürlich kratzig, als er unvermittelt fortfuhr: »Ich glaube, ich habe mich noch nicht vorgestellt. Ich heiße Wyssada, Gero Wyssada.«

Erinnerte Noak an Bond. James Bond. Aber der Mann war zu deprimiert, als dass er absichtlich eine Parallele zu besagtem Geheimagenten hergestellt hätte – er hatte sich nur vorgestellt, fahrig, abwesend, so wie Bond es niemals war, wenn man genauer darüber nachdachte; oder er war es und konnte es gut vertuschen.

»Ich bin Simoen Liebhardts bester Freund, klar soweit, und auch mit Clarissa gut befreundet, bitte, ich kann verstehen, dass Sie nichts sagen können, aber ... also in dem Artikel stand etwas von einem Opfer, klar soweit ... könnten Sie mir nur versichern, dass es nicht Frau Liebhardt war, die man in den Überresten fand?«

Noak fand es immer rätselhaft, wie Menschen derart hoffnungsvoll und flehentlich dreinschauen konnten, dass sogar ihm warm ums Herz wurde, sogar ihm, der mit allen Mitteln versuchte sein Innerstes vor der Außenwelt abzuschirmen, aber nicht gut genug, wie es schien, manch Gesichtsausdruck, manch Wort war stärker, ließ sein Schutzschild bröckeln, so auch jetzt.

»Es tut mir leid, Herr Wyssada, aber ich kann Ihnen diese Garantie nicht geben.«

Kurz starrte ihn sein Gegenüber an, Sekunden bis das Gesagte zu ihm durchgesickert war, langsam, aber unausweichlich, sie war tot, Clarissa war tot, verbrannt. Schmerz in Wyssadas Augen, Schmerz, Entsetzen, Wut, die ihn aufspringen ließ, er hechtete ein wenig nach vorne auf den Schreibtisch zu, schlug mit der Hand auf die Tischplatte, eine Reaktion, die man dem Apathischen vor wenigen Minuten noch nicht zugetraut hätte, dabei: »Verdammt, dieser Schweinehund, ich bringe ihn um!«

»Ruhig, Herr Wyssada, bitte ... setzen Sie sich. Wenn Sie hier randalieren, bringt das niemandem etwas«, naja, ihm vielleicht einen neuen Schreibtisch in edlem Schwarz, nicht mehr in diesem Nachkriegsoker, »also beruhigen Sie sich.«

Wyssada ballte die Fäuste, ließ sich auf den Stuhl zurückfallen, schlug sich dann mit einer Hand auf die Stirn.

»Erst Montag Nacht hat mir Simeon erzählt, dass sich bald etwas ändern würde, verdammt, woher sollte ich wissen, dass er seine Frau ermorden wollte?«

»Sie verdächtigen Ihren besten Freund ohne die Fakten zu kennen?«

Wyssada fuhr sich über die Augen, seine Hand zitterte, hoffentlich kein Nervenzusammenbruch hier in diesem Büro!

»Beide waren unglücklich in dieser Ehe, es war absehbar, dass es so nicht weitergehen konnte, klar soweit, aber das? Nein, das hätte ich mir nicht gedacht, dass er ein Feuer legt und seine Frau darin umkommen läßt.«

»Nun, soweit sind wir in unseren Ermittlungen noch nicht«, gestand Noak, »Sie beschuldigen Ihren Freund, noch bevor seine Schuld bewiesen ist.«

»Ich weiß«, murmelte Wyssada, ein wenig zerknirscht, »aber wer hätte es denn sonst tun sollen, wenn nicht Simeon, dieser Hund, dieser gemeine, stinkende …«

»Wussten Sie von den Schulden, die seine Frau angeblich hatte?«

»Natürlich, eine blöde Spekulation, hat ein wenig zu viel gewagt, klar soweit? Sie wissen ja, wie das ist an der Börse, da kann auch ein wenig zu viel, den kompletten Ruin bedeuten, damit hat sie nicht gerechnet, war auch nicht wirklich absehbar, klar soweit?«

Noak nickte, dann: »Wissen Sie, bei welcher Bank die Eheleute in den Miesen waren?«

Wyssada schüttelte den Kopf. »Nein, hat mich auch nicht interessiert. Schulden sind Schulden.«

»Und von Frau Richter wussten Sie auch?«

Kurz schwieg er, ein innerer Kampf, Noak konnte es genau sehen, Wyssada musste nicht mehr antworten, Noak wusste es bereits.

»Ja«, und wieder, »dieser verdammte Idiot, hat Clarissa nicht verdient. Haben Sie Frau Richter einmal gesehen? Oder Clarissa? Was hat er an dieser Richter nur gefunden? Seine Frau so gemein zu hintergehen, das hat sie nicht verdient!«

»Aber Sie wären der Mann für Frau Liebhardt gewesen?«

»Ja, mein Gott, ich hätte sie glücklich gemacht, nicht Simeon!«

»Hatten Sie ein Verhältnis mit Frau Liebhardt?«

Wyssada riss die Augen auf, starrte ihn entsetzt an, »Wo denken Sie hin, Herr Kommissar? Clarissa war eine anständige Frau, klar soweit, niemals hätte sie Simeon betrogen! Dazu war sie viel zu geradlinig, viel zu ehrlich. Clarissa und ein anderer Mann, nicht auszudenken!«

Noak schnell: »Wusste Frau Liebhardt von der außerehelichen Affäre ihres Mannes?«

Er hatte den Mund schon offen, klappte ihn aber wieder zu, gerade noch rechtzeitig, fast wie ein Fisch, ohne ein Wort, Schweigen.

»Nein.«

Dieses kurze Zögern, dies kurze Zurückrufen der richtigen Antwort, machte Noak stutzig, Wyssadas Lüge, wem würde sie noch helfen? Wollte er ihr den Kummer des Wissens auch im Nachhinein ersparen, indem er es verleugnete?

»Herr Liebhardt berichtete, er hätte den Abend als das Feuer ausbrach gemeinsam mit einem Freund verbracht, waren Sie das?«

»Ja, wir sind ein bisschen um die Häuser gezogen, klar soweit, mal da reingeschaut, mal dort. Umtriebig würde man sagen.«

»Sie waren die ganze Zeit beisammen?«

Ein kurzes Aufflackern in den Augen des Mannes, »Nein. Um Mitternacht trennten sich unsere Wege für ungefähr eine Stunde.«

»Wissen Sie, wohin Herr Liebhardt ging?«

Wyssada zuckte mit den Schultern. »Nein.« Warf Noak einen auffordernden Blick zu, wohin wohl, Herr Kommissar, das liegt doch auf der Hand, aber ich kann meinen Freund nicht belasten.

»Eine letzte Frage noch, Herr Wyssada, warum hat sich das Ehepaar Liebhardt nicht zu einer Scheidung durchringen können?«

Er war wieder in sich zusammengesunken, schüttelte langsam den Kopf.

»Wegen Clarissa, sie wollte in allem perfekt sein, eine Scheidung hätte ihr Scheitern impliziert, klar soweit, auch wenn sie nicht allein Schuld gewesen ist an dieser miserablen Ehe. Eher das Gegenteil, Simeon hat sich ja eine Geliebte genommen, nicht sie.«

Sie hatten ihn also gefunden, den Zeugen, der Liebhardt belasten, der ihn hinter Gitter bringen konnte, das Alibi war nicht wasserdicht, es war mehr als löchrig. Emmentaler in feinen Scheiben. Essen. Hunger.

»Danke, Herr Wyssada, dass Sie zu mir gekommen sind. Darf ich mich bei etwaigen Fragen wieder an Sie wenden?«

»Natürlich«, Wyssada erhob sich, »ich möchte, dass der Schuldige so bald als möglich gefasst wird, klar soweit? Auch wenn es Simeon ist, was ich annehme. Das hätte er nicht tun dürfen!«

Noak starrte noch lange auf die Tür, die der Mann hinter sich zugezogen hatte. Klar soweit. Und jetzt was essen.

Als Noak eine Dreiviertelstunde später in sein Büro zurückkehrte, erwartete ihn Ostenwaller bereits mit genervter Miene: »Die Kollegen haben keine Spur von Liebhardt und auch keine Hinweise geben können, wohin er gegangen sein könnte. Die Bank müssen wir also vergessen.«

Nachrichten wie diese war man gewöhnt, so zuckte Noak nur mit den Achseln, sie gehörten zur Arbeit, ja machten fast achzig Prozent dieser aus, Niederlagen, Sackgassen, Wände und Eis. Während er um den Schreibtisch herumging, streifte sein Blick das Armband, das noch immer in Folie eingeschweißt darauf lag, griff danach, drehte es nachdenklich in den Händen, warf es Ostenwaller zu.

»Ich habe vergessen Wyssada danach zu fragen, ob es Frau Liebhardt gehörte. Fahren Sie zu ihm und versuchen Sie herauszufinden, was geht.«

Ostenwaller fing das Päckchen mit einer lässigen

Handbewegung auf, wandte sich zur Tür, »Schon unterwegs.«

Jetzt Zeit für Protokolle, tipp tipp, ging das denn nie zu Ende?

Leine streckte den Kopf zur Tür herein, »Ich bin dann weg.«

»?«, schaute Noak und unterbrach seine Tätigkeit.

»Hab ich mir gedacht, dass Sie das vergessen haben. Ich muss zur Vorsorgeuntersuchung«, erinnerte ihn die Beamtin mit einem freundlichen Lächeln, »wenn Sie möchten, komme ich danach wieder her.«

»Ach was«, winkte Noak ab, war eh schon spät, zahlte sich nicht aus, sie sollte gleich nach Hause gehen, »Nicht nötig. Machen Sie sich einen schönen Abend.«

Leine hob kurz die Hand und verschwand, irgendwie war es schon einsam, wenn die Kollegen alle nicht da waren – obwohl, in der Polizeidienststelle wimmelte es nur so von seinesgleichen, dazwischen die Masse, mit den vielgenannten Idioten gespickt, also wirklich kein verlassener Ort, aber Gronwald, Mansour, Ostenwaller und sogar Leine, gehörten doch irgendwie hierher, hierher in seine Welt.

Noak war so versunken in seine Arbeit, dass er überrascht auffuhr, als Ostenwaller den Raum betrat, ein triumphierendes Lächeln auf den Lippen, das Armband schwenkte er ausgelassen und ließ es vor seinem Chef auf den Tisch fallen, »Es war ihres. Es gehörte Frau Liebhardt, womit bewiesen ist, dass es sich bei der Leiche tatsächlich um sie handelt.«

»Zumindest sind wir schon einen Schritt weiter«,

meinte Noak, ja, hin und wieder gab es auch Erfolge im Job, es wäre sonst zu trostlos, zu hoffnungslos, »Die DNA-Analyse wird ihre Identität bestätigen und wir müssen nur noch klären, wer das Feuer gelegt hat.«

Ostenwaller seufzte, »Nur noch.«

»Machen Sie Feierabend.«

»Nichts lieber.« Ostenwaller wandte sich um, im Hinausgehen: »Schönen Abend noch, Chef.«

Wenige Minuten später, hatte auch Noak die Rubrik »Allfälliges« abgearbeitet, schaltete den Computer aus, dessen Bild sich mit einem vorwurfsvollen Ton zu einem Blitz verkleinerte, dann ganz verschwand – der Kommissar hatte wieder einmal vergessen, den PC hinunterzufahren, das würde morgen ein längeres Hochfahren nach sich ziehen und den Hinweis, dass die Programme nicht sachgemäß beendet worden waren, und die Software deswegen auf eine Entscheidung wartete, nach dreißig Sekunden selbst wählte und natürlich den längeren Weg nahm, um sich wieder vollends hergestellt schließlich Noak präsentieren zu können. Aber das war ihm egal, und zwar so was von, er wunderte sich, dass er überhaupt darüber nachdachte, aber vielleicht kam das, weil er hier ganz allein war und alle anderen fort. Nun, das war er auch, er wollte auf dem Heimweg nur noch einmal bei Frau Richters Wohnung vorbeisehen, vielleicht war Liebhardt ja noch einmal zurückgekehrt und hatte irgendwelche Hinweise hinterlassen.

Die Tür war unversiegelt, da Frau Richter nicht direkt etwas mit dem Fall zu tun hatte, und dementsprechend unscheinbar – nicht einmal Licht lugte unter dem Spalt hervor. Aber so dumm war Liebhardt wohl nicht, sich auf diesem heißen Pflaster zu bewegen, das würde nicht einmal er riskieren – obwohl, war Liebhardt überhaupt dumm zu nennen? Bei allem was mit dem Brand und dem vermeintlichen Mord an seiner Frau zu tun hatte, war er mehr als tollpatschig vorgegangen, aber die Flucht und was folgte, schien aus einer ganz anderen Feder zu stammen, ja, fast dünkte es Noak unwahrscheinlich, dass beides dem gleichen Hirn entsprungen war. Aber welchen Hirnwindungen könnte die Brandgeschichte sonst entstammen? Vielleicht einem Frau-Richter-Gehirn? Angenommen, wenn sie diesen Plan ausgeheckt hatte, war sie sogar clever vorgegangen, wobei sie aber gleichzeitig die Polizei und somit ihn, als ziemlich unfähig einstufte, eins und eins zusammenzuzählen. Ja, es wurde Zeit, diese Frau Richter zu finden. Er könnte die Tür einbrechen, das verstieße aber gegen die Vorschriften, vielleicht hatte eine Nachbarin einen Schlüssel, so war es doch meistens bei Frauen, sie tauschten ihre Schlüssel aus, um sich gegenseitig während einer Abwesenheit die Blumen zu bewässern – Blumen, welch unnütze Staubfänger, bei ihm selbst gingen sogar Kakteen ein.

»Noak, Kriminalpolizei, ich müsste in die Wohnung von Frau Richter. Sind Sie die Nachbarin, die zufällig einen Ersatzschlüssel besitzt?«

Sein Gegenüber starrte ihn erschrocken an, »Ist etwas nicht in Ordnung mit Frau Richter? Ist ihr Flugzeug abgestürzt?«

»Nein, keine Panik, soweit ich weiß, geht es ihr gut.

Wir ermitteln gerade in ihrem Freundeskreis und ich müsste kurz in ihre Wohnung. Sie hat mir telefonisch die Erlaubnis gegeben, mich ein bisschen umzusehen, kann mir aber den Schlüssel nicht geben, da sie ja in Houston ist.«

»Ja, Moment bitte«, meinte die Frau nervös und durchstöberte das Schlüsselbrett, »die arme Frau Richter, das hat sie wirklich nicht verdient mit ihrem Job. Kann gut verstehen, dass sie jetzt eine kurze Verschnaufpause braucht. Das mit ihrem Freund hat ja auch nicht geklappt.«

Noak versuchte nicht allzu interessiert auszusehen, »Sie haben mit Frau Richter vor ihrem Abflug noch gesprochen?«

»Nein, das Flugzeug ging ja in aller Frühe, sie hat mir einen Zettel geschrieben und unter dem Türspalt durchgeschoben, mit der Bitte, während ihrer Abwesenheit die Blumen zu gießen.«

Er war gut. Er war wirklich gut! Warum bemerkte es niemand?

Endlich war sie fündig geworden und legte den Schlüssel in Noaks Handfläche.

»Und was war das Problem mit ihrem Job?«

Ein bedauernder Seufzer, »Sie wurde vor ein paar Tagen entlassen. Es lief zwar alles unter dem Deckmantel einer »einvernehmlichen Trennung«, aber in Wirklichkeit, das kann ich Ihnen sagen, hat da jemand etwas gegen sie gehabt.«

»Wo hat sie gearbeitet?«

»Als Sekretärin in einer Anwaltskanzlei oder so was Ähnlichem. Einfach unverständlich, sie war so ein fleißiges Mädchen.«

Noak wandte sich ab, »Vielen Dank Frau ...«, lugte auf das Türschild, »... Konrad. Ich bringe Ihnen den Schlüssel in wenigen Minuten.«

Während er sich der Wohnungstür näherte, hörte er hinter sich das leise Klicken einer zufallenden Tür, doch das nahm er nicht wirklich wahr, er war gedanklich schon woanders, nämlich innerhalb der vier Wände, die hinter dieser Tür lagen, in deren Schloss er den Schlüssel steckte, ihn umdrehte und eintrat. Die Luft roch abgestanden, er schaltete das Licht ein, es hatte sich nichts verändert, soweit er erkennen konnte, nein, alles war an seinem Platz. Nichts wies auf Liebhardt hin oder auf einen anderen Menschen, nur eine Gießkanne stand neben der Wohnzimmertür und erinnerte an Frau Konrad. Einvernehmlich getrennt, dachte Noak und streifte durch das Arbeitszimmer, warum? Oder hatte sie nur endgültig einen Schlussstrich unter ihr Leben ziehen wollen? Ihre Beziehung zu Liebhardt, ihr Job, alles vorbei? Vielleicht hatte Frau Konrad die Zusammenhänge mit der Auflösung ihres Arbeitsverhältnisses missverstanden, und Frau Richter hatte gekündigt? Es wurde wirklich Zeit, dass jemand mit ihr sprach. Auf ihrem Schreibtisch stand ein Bild, das eine Frau mit Liebhardt zeigte, das Glas war zerbrochen, kleine Scherben lagen davor auf der Tischplatte. Er nahm an, dass diese strahlende Frau, die Besitzerin dieser Wohnung war, deswegen streckte er die Hand danach aus, hob es an und betrachtete sie. Ein leiser Pfiff löste sich von seinen Lippen, Wyssada musste blind sein, wenn ihm die Vorteile dieses weiblichen Geschöpfes nicht sofort in die Augen gesprungen waren, so gleichmäßig und vollendet waren sie auf ihren Körper verteilt, ja, da überlegte man sich einen Seitensprung nicht zweimal, ohne zu zögern würde er ... ach, unwillig stellte er das Bild wieder auf den Tisch, er hatte zu lange nicht mehr, viel zu lange, dass ihm solche widerlichen Gedanken kamen. Wie es aussah, gehörte Liebhardt ihrer Vergangenheit an. Er stöberte ein bisschen zwischen den Papieren, die einvernehmliche Trennung glitt wie von selbst in seine Hände, eine schöne Summe als Abfindung, das hätte sie bei einer Kündigung ihrerseits nicht erhalten, hatte er Frau Konrad unrecht getan, es war, wie sie es gesagt hatte, nur nicht so dramatisch, nein, Noak fand, dass Richter gut ausgestiegen war und mit ihrem Aussehen, würde sie sicherlich bald woanders eine Stelle finden. Noak legte das Schreiben zurück auf den Schreibtisch, verließ den Raum. Im Bad klebte das »Post-it« noch immer in der Mitte des Spiegels, er zog es herunter, betrachtete es kurz, wollte es wieder festtippen, doch es fiel zu Boden, so hob er es auf, zerknüllte es und steckte es in seine Tasche. Im Wohnzimmer hingen noch einige Bilder, doch keines zeigte Frau Richter, Liebhardt selbst war nur auf einem weiteren zu sehen, doch er stand in einer Gruppe von Menschen, unverfänglich, ein Freund unter vielen. Das Bett im Schlafzimmer war noch von Liebhardt zerwühlt, auch hier keine Spuren von etwas Ungewöhnlichem, er öffnete eine Schranktür, ihr Gewand war feinsäuberlich eingeräumt, es schien nichts zu fehlen. Nun ja, viel hatte er nicht in Erfahrung gebracht, doch wusste er nun zumindest, wie sie aussah und dass sich in ihrem Leben einiges verändert hatte. Er gab den Schlüssel bei Frau Konrad ab und fuhr dann nach Hause in seine Wohnung in der Oststraße.

»Also«, fragte Großmann, »wie weit sind Sie mit Ihren Ermittlungen?«

»Einige hundert Meilen, Herr Präsident«, erwiderte Noak genervt und verschränkte die Arme vor der Brust, warum musste Großmann sich immer so aufplustern, er sah dabei aus wie ein Oberarzt und Noak fand, er hatte seine Berufung aufs Schlimmste verfehlt. Abgesehen davon, würde Großmann zumindest nicht hier in diesem Zimmer sein und ihn quälen.

»Machen Sie sich nicht über mich lustig«, brauste Großmann auf, »Sie wären wohl auch gerne geflogen.«

Noak zuckte mit den Achseln, dann begann er entnervt zu berichten: »Liebhardt ist bis jetzt nicht wieder aufgetaucht, Frau Richter weilt in Houston, Gronwald und Mansour sind gerade auf dem Weg dorthin, Frau Liebhardt wird für die DNA-Analyse zerteilt und Leine ist schwanger. Mehr gibt es nicht zu sagen.«

»Herrgott, Noak, wir sind hier nicht im Kindergarten! Was zählt sind Fakten! Wir müssen endlich ein paar Erfolge vorweisen, die Versicherung drängt auf eine schnelle Aufklärung, ein gewisser Herr Finke, der übrigens auf Sie nicht gut zu sprechen ist, hat angerufen, um mir die Wichtigkeit dieser Geschichte noch einmal ans Herz zu legen. Also, finden Sie endlich etwas heraus!«

»Der Finke soll beruhigt sein«, motzte Noak, »die

Feuerwehr ist überzeugt davon, dass es sich um Brandstiftung handelt. Wahrscheinlich muss die Versicherung keinen Cent zahlen.«

»Aber es ist bisher nicht bewiesen, wer das Feuer gelegt hat und bis das der Fall ist, steht das Unternehmen unter einem gewissen Druck.«

»Hier geht es immer nur um Geld«, fauchte Noak und erhob sich, »keiner denkt an die arme Frau Liebhardt, die vielleicht ermordet wurde.«

»Die arme Frau Liebhardt?« der Präsident musterte sein Gegenüber überrascht, so viel Mitgefühl kannte er von Noak gar nicht, »Seit wann sorgen Sie sich um Ihre Mitmenschen?«

»Seit immer schon – wäre ich sonst bei der Polizei?«

Kurz schwiegen sie.

»Gut, Herr Noak, lassen wir's fürs Erste mal gut sein. Sie leiten Ihre Ermittlungen, wie Sie es für richtig halten und trödeln liegt sowieso nicht in Ihrem Naturell. Nichts für Ungut.«

Noak machte ein zynische Verbeugung vor seinem Chef.

»Zu gütig«, sagte er, wandte sich ab und verließ den Raum. Großmann blickte ihm kopfschüttelnd nach, dieser Noak, das war schon einer, aber ein guter.

»Leine und Ostenwaller, beide zu mir«, sagte Noak, als er an ihren Schreibtischen vorbeiging, direkt auf sein Zimmer zu, »es gibt Arbeit. Wir müssen sie nur finden.«

Die Beamten wechselten einen schnellen Blick und folgten dann ihrem Chef ins Büro.

»Es ist jetzt Donnerstag«, begann Noak, wobei er auf und ab ging – wie das nervte, wenn man nicht wirklich voran kam, »In der Nacht von Montag auf Dienstag hat die Bude gebrannt und wir sind noch immer nicht viel weiter als über Brandstiftung hinausgekommen. Großmann meint, wir sollten uns ein wenig beeilen.«

Ostenwaller seufzte und Leine strich sich über ihren gerundeten Bauch, ja lange musste sie das nicht mehr mitmachen, bald würde sie in Mutterschutz gehen und könnte diesen Laden hinter sich zurücklassen.

»Und wie, bitte, stellt sich der Präsident das vor?« meckerte Ostenwaller; »Sollen wir bei der DNA-Analyse helfen oder der Spurensicherung unter die Arme greifen? Wir könnten auch der Feuerwehr ein paar Tipps geben.«

Leine kicherte, Noak grunzte, dieser Ostenwaller war wirklich frech geworden in den letzten Tagen, er stand viel zu sehr unter Gronwalds Einfluss.

»Vielleicht sollten Sie das tun, Ostenwaller, doch vorerst könnten Sie mal Frau Richter ein wenig unter die Lupe nehmen. Zum Beispiel, wo sie gearbeitet hat, weshalb sie gekündigt wurde, ob sie beliebt war und so weiter. Während sich unsere liebe Frau Leine ein wenig an Wyssada rantastet, ebenfalls herausfindet, wo er arbeitet, wie sehr er Frau Liebhardt verehrte, ob er Groll gegen Sie hegte und was Ihnen sonst noch so einfällt. Nehmen Sie eine Seifenoper als Vorlage für Ihre Fragen.«

Leine starrte ihn kurz mit offenem Mund an, dann schluckte sie, was hatte der Noak heute für eine Stimmung, so kannte ihn keiner, er war fast zu fröhlich, war es Todesahnung? Auch Ostenwaller wunderte sich, irgendetwas war anders mit dem Chef, hatte er sich gar verliebt?

»Gut«, sagte Leine, »ich mach mich gleich an die Arbeit, werde aber zuvor noch eine Pizza bestellen. Will sonst noch wer? Sie vielleicht, Chef?«

Noak blickte auf die Uhr – was schon wieder so spät?

»Ja, wenn Sie schon dabei sind«, sagte er und zuckte auf die Frage, welchen Belag er wünschte, mit den Achseln, über solche Banalitäten wollte er sich wirklich keine Gedanken machen, dafür war sein Kopf schon zu voll mit anderem, also ein Pizzabelag war ihm wirklich so was von egal.

Wenige Minuten später war er wieder allein, lehnte sich zurück, verschränkte die Arme hinter dem Kopf und dachte nach.

Klopf, klopf, das war nicht Leine, die klopfte meistens nicht an und Ostenwaller war nicht da, also wer …?

»Pizzaservice«, tönte es von der Tür her und sie wurde im gleichen Moment aufgestoßen, eine große eckige Tasche trat zuerst ein und zog eine zierliche Frau hinter sich her, deren Haar unter einer roten Schirmkappe die das Firmenlogo trug, verborgen war; »Sind Sie Kommissarin Leine?«

Noak runzelte die Stirn, »Die müssen Sie übersehen haben, als Ihre Tasche Sie hierher geführt hat. Kein

Wunder, dass Sie Ihnen die Sicht genommen hat. Auf alle Dinge, meine ich.«

Sie lachte kurz auf, fand sich wahrscheinlich lustig, bückte sich und zog den Reißverschluss auf.

»So hungrig, wie Sie aussehen, ist eine davon sicherlich für Sie«, meinte sie und stapelte drei Kartons vor ihm auf den Tisch, roch das gut, oh ja, er hatte Hunger, »und lassen Sie mich raten, die ohne Belag ist für Sie.«

»Ohne Belag?«

Sie kicherte. »Kleiner Scherz, das macht siebzehn Euro.«

Noak griff sich in die Gesäßtasche und tastete nach seinem Geldbeutel, jetzt musste er den Schrott auch noch bezahlen, wo war Leine nur?

»Ah, Sie sind schon da?« Leine trat ein, wieder ohne zu klopfen, die Tür war auch offen, »'Tschuldigung Chef, war kurz auf der Toilette.«

»Kein Problem«, meinte Noak sarkastisch, »der Pizzabote und seine Tasche sind sehr unterhaltsam. Ein Witz nach dem anderen.«

Da war er wieder der alte Noak, dachte Leine, so wie sie ihn kannte.

»Pizzabote«, schnaubte, die vom Pizzaservice, »wie Sie das schon sagen! Dafür lass ich Sie gleich verhaften!«

Noak lächelte gequält und deutete mit einem Finger auf sie, »Sehen Sie, Leine? Eine echte Komikerin.«

»Sie wollen mich wohl beleidigen?«

Sie starrte ihn an, ihre Augen funkelten.

»Wie viel macht das?« unterbrach Leine, da Noak noch immer nach Barem suchte, er hatte nie eines bei sich, niemals, aber sie würde ihm eine Rechnung schreiben.

»Siebzehn.«

Die Pizzabotin starrte Noak noch immer an, »Sie denken wohl, dass Sie was Besseres sind, nur weil Sie bei der Polizei arbeiten, gell? Aber das stimmt nicht, ich bin …«

Leine drückte ihr das Geld in die Hand, natürlich hatte sie das Trinkgeld nicht vergessen, »Danke. Sie waren wirklich schnell.«

Sie warf ihm noch einen kurzen, gekränkten Blick zu, dann griff sie nach der Tasche und stürzte ohne einen Gruß aus dem Raum und plötzlich tat es ihm leid, sie war nur freundlich gewesen, konnte nichts dafür, dass er mit den Erfolgen seiner Arbeit unzufrieden war, hatte seinen Sarkasmus nicht verdient.

»Sie schulden mir sechs Euro«, sagte Leine und verließ den Raum, mit den Schachteln für Ostenwaller und sich selbst.

»Beliebt«, erzählte Ostenwaller und kaute an einem kalten Pizzastück herum, »Sie kam mit den Kollegen gut aus, jeder bedauerte ihr Ausscheiden aus dem Unternehmen, übrigens ein großer Pharmakonzern. Frau Richter arbeitete in der Rechtsabteilung, spezialisiert auf Patente, als Sekretärin, ihr direkter Vorgesetzter war sehr zufrieden mit ihr, doch kam die Anweisung sich von ihr zu trennen, von oben. Angeblich hat sie einen wichtigen Brief verhaut, der dem Unternehmen einige Unannehmlichkeiten bereitete. Wie dem auch sei, sie schien deswegen ziemlich zerstört gewesen zu sein.«

»Arbeitet nicht auch Liebhardt bei einem Pharma-konzern?«

»Ja, stimmt!« Ostenwaller sprang auf, »Einen Moment, ich werde in Erfahrung bringen, ob es der gleiche ist. Es wäre möglich, dass sie sich bei der Arbeit kennen und lieben gelernt haben.«

Ostenwaller war zeitweise wirklich ein schlaues Bürschchen, man musste ihn nur darauf stoßen, dann erkannte auch er Zusammenhänge. Wenige Sekunden später: »Ja, die gleiche Firma!«

»Fantastisch! Die Frage »Wie haben Sie sich eigentlich kennen gelernt« ist hiermit beantwortet«, freute sich Noak ironisch, »Wir nähern uns der Lösung des Rätsels wirklich mit jeder Minute! Großmann wird begeistert sein!«

Ostenwaller verschränkte die Arme vor der Brust, nachdem er sich die Finger abgeleckt hatte. »Also Chef, ehrlich, ich weiß nicht, was heute mit Ihnen los ist.«

»Was soll schon mit mir los ein?« fauchte Noak, »Gronwald und Mansour sitzen in einem Flugzeug hunderte Meter über der Erde im Sonnenschein und haben mich mit der Scheißarbeit hier allein zurück-gelassen. Ich muss mich mit diesem Großmann herumschlagen und dem Pizzaservice und was weiß ich noch …«

Wirklich ungewöhnlich, der Chef sprach mehr als drei Worte über seine persönlichen Gefühle, das war ja was Neues, Noak musste wirklich wütend sein. Plötzlich hielt der Kommissar inne, runzelte die Stirn, starrte Ostenwaller an.

»Hab ich das jetzt wirklich laut gesagt?« fragte er verblüfft und Ostenwaller nickte grinsend.

»Vielleicht sollten wir heiraten«, meinte Noak bissig, »bei Ihnen bin ich ein anderer Mensch.«

Ostenwaller unterdrückte ein Lachen, lüpfte eine Augenbraue. »Ach was Chef, dafür sind Sie mir viel zu selten ein anderer Mensch.«

Er winkte mit einer Handbewegung ab, schlug sich plötzlich prustend auf die Oberschenkel und stolperte aus dem Raum, denn Noaks Miene hatte sich zu einem donnernden Sommergewitter verfinstert und das im Frühling – nicht auszudenken, worauf das hinauslief, wenn es sich entlud.

Als nächstes kam Leine, wieder ohne anzuklopfen, das hatte sie sich sicherlich von Gronwald abgeschaut, diesem schlechten Vorbild, aber daran mangelte es ja in dieser Welt nicht, an schlechten Vorbildern und Idioten. Setzte sich.

»Wyssada«, sagte sie, blickte durch Noak hindurch, war sie böse wegen der Pizzatussi (?), »hat in den vergangenen Jahren mehrere Beziehungen zu unterschiedlichen Frauen gehabt, ist jedoch seit zwei Jahren Single, spielt Squash und besucht regelmäßig ein Fittnesscenter. Er arbeitet als Geschäftsführer bei einem Pharmakonzern, der zufällig der gleiche ist, indem auch Herr Liebhardt angestellt ist. Er hat Schuhgröße fünfundvierzig, trägt Slips, keine Boxershorts und sein besonderes Kennzeichen ist eine Narbe an seinem linken Unterschenkel. Er putzt sich die Zähne mit …«

»Leine!«

»Ja?«

Sie verzog keine Miene. Wollten sie ihn heute alle reizen?, ihn fertig machen?, was hatte er getan?, er war doch so gut, gerade gestern Abend, das Blumengießen und so, aber wieso waren die heute alle so … so … undefinierbar?

»Glauben Sie das interessiert hier irgendjemanden?«

»*Sie* gaben mir den Tipp mit der Seifenoper.«

Noak atmete tief durch, das war heute wirklich ein verflixter Tag, alles schien ihm aus den Händen zu gleiten, auch die Stimmung, er sollte sich etwas einfallen lassen, aber er war selber irgendwie schlecht drauf.

»Gut«, meinte Leine, »er traf sich immer wieder mit Frau Liebhardt, rein freundschaftlich, sie verstanden sich gut, soweit es die Zeugin beurteilen konnte, hegte er keinen Groll gegen die Tote. Sonnenschein und Honigkuchen.«

»Haben Sie den Namen seiner letzten Freundin?«

»Ja.«

»Gute Arbeit Leine. Wohl ein Telefonat mit Gott geführt?«

»Nein, mit der Nachbarin.«

»Ah, vielleicht ist es die gleiche, wie die von Frau Richter?«

Nun grinste Leine doch. »Alleinstehende Frauen«, sie zuckte die Achseln.

»Ich werde morgen Ostenwaller hinschicken, er soll den Trennungsgrund herausfinden.«

Leine nickte verständnisvoll. »Vielleicht war es ja Wyssada?«

»Natürlich«, meinte Noak, »nachdem er Liebhardt

mit seiner Frau verwechselt und sie fälschlicher Weise ans Bett gebunden hat.«

»Ans Bett gebunden?«

Leine starrte ihn überrascht an, er hatte sich verplaudert, dada, er, er hatte sich verplaudert!! Dass ihm so etwas passieren konnte, ihm, Polizeihauptkommissar Jakob Valer Noak! Nein, unmöglich.

»Sie haben nichts gehört, das ist noch nicht bewiesen.«

Leine machte eine Geste, als würde sie ihren Mund verschließen und den Schlüssel aus dem Fenster werfen. Doch Kindergarten, Herr Großmann, riesengroßer Kindergarten!

Leine saß bereits hinter ihrem Schreibtisch, als Noak am nächsten Morgen auf seine Zimmertür zusteuerte.

»Novak vom Labor war da, wartet auf Ihren Rückruf.«

»Noak? Gibt's hier noch einen Noak?«

»Nooovvvaaakkk!« wiederholte Leine geduldig, »Ist noch nicht lange bei der Rechtsmedizin.«

»Verbinden Sie mich bitte mit ihm.«

»Hey, ich bin nicht Ihre Sekretärin«, erinnerte ihn Leine mit einem entzückenden Lächeln.

»Okay, klar, dann rufen Sie doch bitte unsere Sekretärin an und sagen Sie ihr – wenn Sie Glück haben und sie abhebt – sie soll mich bitte mit Herrn Nooovvvaakkk verbinden. Dankeschön.«

Leine blickte ihm grinsend nach, als er die Tür hinter sich zuzog, er war nicht besser gelaunt heute, musste sie feststellen, nicht ein kleines bisschen. Sie erhob sich langsam, stolzierte in sein Büro, griff nach seinem Telefonhörer, während er sie verblüfft beobachtete, wählte süffisant lächelnd die Durchwahl: »Hallo Herr Novak, hier Leine. Kommissar Noak ist gerade eingetroffen, ich verbinde Sie mit ihm.« Reichte ihm freundlich den Hörer und schlenderte aus dem Raum.

Noak blinzelte. »Novak, was gibt es Neues?«

»Haben Sie kurz Zeit, dann komme ich bei Ihnen vorbei. Die Ergebnisse der DNA-Analyse liegen vor und sind ein wenig pikant, möchte ich sagen.«

Aha, einer von den *Möchte-ich-sagen-* und *Klar-so-weit-Typen*, dachte Noak bei sich, er soll nur kommen, dieser Novak, dieser Neue.

Wenige Minuten später stand Novak vor ihm, ein junger Mann, wahrscheinlich gerade fertig geworden mit seinem Chemiestudium.

»Also?« fragte Noak, die Zeit lief, es war schon Freitag und sie waren noch immer nicht wirklich weitergekommen, »Was kann an einer DNA-Analyse pikant sein?«

Novak legte vorsichtig ein paar Zettel auf den Tisch, direkt vor Noaks Nase, richtete sich auf, rieb sich feierlich die Hände: »Um das zu erklären, lieber Kollege bin ich hier.«

Aha, also nicht nur einer von den *Möchte-ich-sagen-* und *Klar-soweit-Typen*, sondern auch einer der ihm auf die Kollegentour kam, »wir stecken doch alle unter einer Decke, müssen zusammenhalten, ziehen an einem Strang, Kollege, Kollege Kollege.« Vielleicht war er auch gerade von einem Motivationsseminar zurückgekehrt, das hatten die Oberen

Zehntausend eingeführt, nachdem zu viele Kollegen – wieder dieses Wort – nach langen Dienstjahren durchgedreht hatten – ja, wir riskieren unseren Verstand und unsere Gesundheit für euch und eure Debilitäten! Einer seiner Kollegen zum Beispiel, hatte eines Nachmittags Farbe gekauft, war in sein Büro gegangen, hatte einen Teich an die Wand gemalt und das wirklich nicht schlecht – sogar ziemlich realistisch, Noak hatte ihn gesehen, dann kleine Enten dazu gepinselt, nach seinem Brotzeitbrot gegriffen, es in Krümel zerteilt und begonnen, es an die Enten zu verfüttern, was nicht wirklich von Erfolg gekrönt war, weil, ja richtig, die Enten gar nicht echt waren und also keinen Hunger verspürten, ja, nicht einmal ihre Schnäbel öffnen konnten. Nun war der Kollege in Frührente und fütterte an einem echten Teich Wasservögel, vielleicht auch am Cospudener See oder am Auensee, oder wo auch immer. Dass einem soviel innerhalb von Sekunden durch den Kopf gehen konnte, wunderte sich Noak. Manchmal funktionierten die Windungen einwandfrei, beruhigend in gewisser Weise, beruhigend und das nur weil der Neue »Kollege« zu ihm gesagt hatte, was sie ja, wenn man so wollte, im weiteren Sinne auch waren.

»Mein Ohr ist bereit.«

»Also, Herr Noak, nach eingehender Untersuchung und mehrmaliger Überprüfung des Ergebnisses, sind wir zu dem Schluss gekommen, dass ...«, kurze Pause, ein Atemholen, er platzte fast, dieser Novak, Trommelwirbel im Hintergrund, Salto mortale, »die DNA der Toten nicht mit der von Frau Liebhardt übereinstimmt, was auch immer das zu bedeuten hat.«

»Was?«

Noak fuhr unwillkürlich in die Höhe und starrte seinen Kollegen an. Nach so einer Mitteilung waren sie Kollegen, das machte man nicht mit jedem durch. Der Mann hatte ihm soeben sämtliche Theorien zerstört.

»Entweder Frau Liebhardt ist niemals in dem Auto ihres Mannes gesessen und wir haben keinen Zugriff auf ihre DNA oder sie ist in dem Auto gesessen und nicht die Tote.«

»Ja, aber wer soll es denn sonst sein?«

Novak zuckte mit den Achseln, »Diese Frage, lieber Kollege, kann ich Ihnen leider nicht beantworten. Ich würde vorschlagen, weitere DNA zu vergleichen. Ich werde das Auto nach weiteren Spuren durchsuchen lassen, ist das in Ihrem Sinne?«

In seinem Sinne? Noak hatte im Moment nicht den blassesten Schimmer, wo seine Sinne waren, sie schwirrten in seinem Kopf herum, dass ihm schwindlig wurde.

»Machen Sie nur«, meinte er matt, das war zu viel, das war wirklich zu viel, aber wahrscheinlich war Frau Liebhardt niemals in dem Wagen ihres Mannes gesessen, der ziemlich neu war und Novak hatte die DNA anderer Menschen analysiert. Das würde mühsam werden.

»Sagen Sie Leine, sie soll herausfinden, ob Frau Liebhardt bei einem Fitnessclub Mitglied war. Es dürfte einfach sein, ihren Spind auf ihren persönlichen Fingerabdruck hin zu untersuchen.«

»Gute Idee, Kollege Noak, ach und weil wir schon

fast gleich heißen, denke ich, können wir ruhig du sagen. Ich bin der Andreas.«

Auch das noch, beim ersten Mal gleich per Du.

»Valer.«

»Okay, Valer, ich werde mich gleich wieder an die Arbeit machen und melde mich, sobald ich mehr weiß«, wandte sich zur Tür – ach war man gleich vertraulich, wenn man sich mit Vornamen ansprach, »Schon was von Anouk gehört?«

Anouk? Er nannte sie Anouk? Wahrscheinlich war er bei ihr genauso schnell vorgegangen und er, Noak, kannte sie schon seit Jahren und hatte es nicht über das »Sie« hinaus geschafft, war er verklemmt? Hatte er ein Problem mit Frauen?

»Nein«, erwiderte er zwischen zusammengebissenen Zähnen, er war ja auch gerade erst gekommen und abgesehen davon war es kurz nach Mitternacht in dem wilden Texas und die Damen schliefen sicherlich, wenn sie nicht mit Kathun sämtliche Kneipen unsicher machten. Kathun, Mist, dieser Glückspilz, ob die Einreise ein Problem dargestellt hatte?

»Also dann«, meinte Novak und entschwand.

Noak verdrehte die Augen und hätte fast ein Gebet in Richtung Himmel geschickt – womit er sich herumschlagen musste, grenzte fast schon an Folter. Ja, wirklich, an Folter, in der Art, dass Ziegen seine Fußsohlen ableckten, mit dem Unterschied, dass es hier Idioten mit seinem Hirn taten. Ist doch wahr!

»Ist Ostenwaller schon weg?« Schon war gut, war schließlich bald Mittag, dachte Noak, aber die Welt erwachte nun mal erst um diese Zeit, kam in

Schwung für die Rotation um die Sonne und mit ihr die Menschen dieser Erdhalbkugel, und ganz besonders Ostenwaller, der eindeutig kein Frühaufsteher war, manchmal hatte Noak sogar den Eindruck, dass seine Gehirnkapazitäten einen ganzen Tag brauchten um sich vom Schlaf der Nacht zu erholen, in den späten Nachmittagstunden rapide anstiegen, ihren Höhepunkt an Leistungsvolumen am Abend erreichten, um gleich darauf in rasanter Geschwindigkeit abzufallen und sich wieder dem Nullpunkt zu nähern. Aber was soll's, er brauchte Ostenwaller und Gronwald, die noch immer nicht angerufen hatte, und von ihm aus auch Leine – aber bei der war das mit dem Denken eine andere Sache.

»Ja«, antwortete Leine und blickte verträumt in den strahlend sonnigen Frühlingstag, ein Luxus, den er sich nicht leisten konnte, aber viel konnte er sich sowieso nicht leisten von dem mickrigen Gehalt, das der Staat für Recht und Ordnung bezahlte – da verdienten ja die Bleistifthalter in diversen Ämtern mehr und die riskierten nicht jeden Tag ihren Arsch, im Gegenteil, sie mussten aufpassen, dass er ihnen nicht festwuchs auf ihren schicken Sesseln, »ja, er ist vor einer Stunde aufgebrochen – zu Wyssadas Ex, wie befohlen.«

Nun drehte sie den Kopf ein wenig und ihr Blick streifte ihn, mit einem Schlag war sie wieder aufgetaucht aus ihrem Frühlingserwachen und räusperte sich, sie saß ja beim Chef und der war, wie sie schon festgestellt hatte, noch immer nicht gehobenerer Stimmung. Dass einem nicht wenige Sekunden Zufriedenheit vergönnt waren, nein, gleich schob sich der unerfreuliche Anblick Noaks vor ihr Auge und aus war es mit schönen Gedanken. Nicht dass er schlecht aussehen würde, aber er verströmte heute wieder seine bissige Laune und die stand ihm nicht besonders.

»Wieder da?« fragte er mit betont ruhiger Stimme, Sarkasmus, Sarkasmus, Noak war noch mieser drauf als angenommen.

»Natürlich. Was steht sonst noch an?«

»Sie vor der Sekretärin. Wenn Sie an der Reihe sind, leihen Sie sich die Gelben Seiten aus und recherchieren danach telefonisch bei diversen Fitness-studios, ob nicht eine gewisse Frau Liebhardt zufällig Mitglied ist, beziehungsweise war. Verstanden?«

Bei jedem seiner Worte hatte sich Leines Gesichtsausdruck verändert und sich einer gewissen debilen Stumpfheit angeglichen, grad dass ihr Speichel nicht tropfte.

»Nein, das war zu schwer, hab ich nicht verstanden, könnten Sie es nocheinmal wiederholen?«

Maria, war das möglich? Noak starrte sie fasziniert und gleichzeitig ein wenig verängstigt an, da mutierte etwas vor seinen Augen zu einem anderen Wesen, einem Alien, Leine vollkommen unähnlich. Noch während er sie betrachtete, wischte sie von einer Sekunde auf die andere die Dummheit aus ihren Zügen, grinste ihn breit an, erhob sich und meinte über die Schulter zurück: »Meine Güte Noak, Sie haben mir schon einmal mehr zugetraut!«

War weg, bevor er etwas sagen konnte, aber was hätte er auch sagen sollen, seit ein paar Tagen verstand er die Welt nicht mehr, entfernte sich mit jeder Minute mehr von ihr, während alle um ihn herum genau zu wissen schienen, was hier geschah, natürlich, selbstverständlich, kein bisschen seltsam, ganz normal. Nur Noak verlor das Gespür – bei diesem Punkt angelangt, kurz vor der Selbstaufgabe, erinnerte er sich des Blumenwassers und deren Vergießerinnen, gleichzeitig seiner Genialität und fühlte sich ein wenig besser, es war noch nicht alles verloren, nein, auch er verstand manchmal was in dem Chaos, von dem der Erdkreis befallen war, vor sich ging, ein kleines Fenster, ein kurzer Ausschnitt, Erleuchtung – so musste Erleuchtung sein.

»Ich habe heute wieder Lust auf Pizza«, erklärte Leine und steckte den Kopf ins Zimmer, »Sie auch?«

»Warum nicht? Wenn's Ihrem Baby nicht schadet, wird's auch mich nicht umbringen.«

Kurz blickte sie ihn mit einem merkwürdigen Blick an, wollte die Tür wieder zuziehen, da Noak: »Aber halten Sie mir die Botin heute vom Leib.«

»Wie Sie wollen, ich werde in den nächsten zwei Stunden nicht aufs Klo rennen, wenn es Sie beruhigt. Abgesehen davon glaube ich, dass die Frau Sie eh nicht sehen möchte.«

Noak verschränkte die Arme am Rücken, trat ans Fenster, warum wollte er sie nicht sehen, schoss es ihm durch den Kopf und dann stand die Antwort klar vor ihm, weil ihn das schlechte Gewissen drückte, ganz einfach, es war ihm peinlich, wie er am Tag zuvor mit ihr umgegangen war.

»Eine Entschuldigung wäre angebracht«, sagte plötzlich das Engelchen in seinem Hinterstübchen und es hatte merkwürdiger Weise Leines Gesicht, aber was sollte denn das, fragte sich Noak und wischte die lästige Gedankenleine beiseite, man verletzte und wurde verletzt, das passierte täglich tausend zur achten Potenz mal, überall, in den Häusern und U-Bahnstationen, im Flugzeug in Einkaufszentren, sogar beim Hundefriseur oder in der Straßenbahn.

»Aber ist es nicht unser Umfeld, das wir selbst ein klein wenig menschlicher machen können?« Wieder die altkluge Leine mit kleinen schlagenden Flügelchen am Rücken, mahnend erhobenem Zeigefinger – wie sie ihn nervte. Um sich abzulenken öffnete Noak eine Lade und wühlte nach einer Packung Kaugummi. Einen Dreck würde er tun für seine Umgebung, er tat schon genug, zum Beispiel zerbrach er sich den Kopf über den Liebhardt Fall, da hatte eine Pizzabotin wirklich keinen Platz und was sollten diese Warmduscher- und Teletubbyzurückwinkergedanken überhaupt in seinem Kopf? Alles, was er heute für die Umwelt tun wollte war, das Kaugummipapier in den richtigen Mülleimer zu werfen und die Kiefergymnastikkonsistenz zu recyclen indem er sie schluckte und alles weitere seinem Magen überließ und was da sonst noch kam.

Gerade hatte er sein inneres Gleichgewicht wieder erlangt, als er ihre Stimme vor der Tür hörte – bildete er es sich ein, oder sprach sie gedämpft? Er konnte kein Wort verstehen, redeten die Frauen etwa über ihn, das war ja wirklich unerhört, diese Person war wirklich fehl in ihrem Beruf, Noak erhob sich, schlich zur Tür und öffnete sie einen Spalt. Leine bezahlte die Frau gerade, die ihm den Rücken zuwandte.

»… man richtig süchtig werden«, sagte sie in diesem Augenblick und Leine nickte.

»Ja, überhaupt wenn man schwanger ist. Ich verspüre diesen Heißhunger auf Pizza schon in der Früh, wenn ich aus dem Bett steige.«

Die Pizzabotin lachte leise, »Aber keine Sorge, es sind keine Süchtigmacher drinnen. Ihr Baby wird keine Entziehungskur brauchen, wenn es auf die Welt kommt.«

Leine lächelte und beobachtete die andere Frau dabei, wie sie das Geld einsteckte und nach der Tasche griff.

»Das beruhigt ungemein«, meinte sie, »und deswegen werden Sie mich in nächster Zeit sicherlich öfter sehen.«

»Dann bis bald«, wünschte die Pizzabotin und schwang die Tasche über ihre Schulter, es war eine sichere Bewegung, die Noak ein wenig an eine routinierte Polizistin erinnerte, ja, sie hätte mehr aus ihrem Leben machen können, als Pizza auszutragen, aber wahrscheinlich war sie zu faul gewesen oder hatte den Kopf mit anderen Flausen voll gehabt, aber das war egal, es war nicht seine Sache sondern ihre eigene und während er noch nachdachte, ertappte er sich dabei, wie er zum Fenster trat und beobachtete, wie sie zu ihrem Auto ging, einem kleinen Lieferwagen, die Tasche in den Kofferaum schleuderte, die Schirmkappe abnahm und ihr Gesicht für wenige Sekunden der Sonne entgegen streckte, ein Mensch, schoss es Noak plötzlich durch den Kopf, auch ein Mensch, der sich nach Wärme sehnt, beängstigend, diese Gedanken, wo kamen sie so plötzlich her? Sie warf die Mütze auf den Beifahrersitz und glitt in den Wagen, während er Leine eintreten hörte und sich zu ihr umwandte, »Und war die Botin heute wieder die Lachnummer des Tages?«

Leine stellte eine Schachtel auf seinen Tisch, einen undefinierbaren Ausdruck in den Augen, »Ich bekomme mittlerweile zwölf Euro von Ihnen. Am Besten Sie überweisen mir Ende des Monats einfach Ihr Gehalt.«

Noch ehe Noak etwas sagen konnte, hatte sie das Büro verlassen, er ließ sich auf den Sessel fallen, griff nach der Schachtel, öffnete sie, da, ein Klopfen, »Herein!« Ostenwaller.

»Mahlzeit.«

»Danke, wollen Sie auch?«

»Gerne.«

Ostenwaller angelte sich ein Pizzastück und setzte sich, er biss genüsslich ab, »Das ist genau das Richtige, nach einem Außendienstjob.«

Kauend saßen sie einander gegenüber.

»Nichts Spannendes zu berichten«, begann Ostenwaller schließlich, »Wyssada hat sich von ihr getrennt, weil er keinen Sinn mehr in der Beziehung sah, sie war nicht ganz seiner Meinung, akzeptierte seinen Entschluss jedoch. Sie erwähnte etwas von einer Freundin, die auch während der Partnerschaft immer präsent war, die sie jedoch nicht kennen gelernt hatte. Sie bestätigte, dass zwischen Wyssada und der anderen Frau nichts gelaufen war, diesbezüglich war sie ziemlich sicher. Ende der Geschichte.«

Noak biss in das nächste Stück, Essen konnte Kummer lindern, das war nicht wirklich viel, das brachte sie nicht weiter.

»Noch Schokolade?« fragte Ostenwaller, als sie die Pizza verdrückt hatten, »Das Zeug macht echt glücklich. So wie Sie gerade aussehen, können Ihnen ein paar Glückshormone nicht schaden.«

»Na dann lassen Sie den LKW entladen. Sie können die Tafeln auch gerne hier im Büro aufstapeln.«

Ostenwaller grinste und zog eine Tafel aus der Jackentasche. »Sorry, das muss für den Anfang reichen, aber ich werde sofort zu unserer Sekretärin gehen und eine Ladung bestellen. Ich kann ja Bürobedarf als Kostenstelle angeben.«

»Es tut mir leid«, sagte Leine ein paar Stunden später, »aber keines der Fitnessstudios gibt telefonisch Auskunft über ihre Mitglieder. Wir müssen persönlich vorbeikommen, damit sie an der Marke schnuppern können.«

Es war immer das Gleiche, dachte Noak, er hätte es sich denken können, dass sie auf diese Weise nicht weiterkamen, musste Ostenwaller also wieder in den Außendienst. Bei der Anzahl an Fitnesszentren in dieser Gegend wäre er mindestens zwei Tage beschäftigt und morgen war Samstag, danach kam der Sonntag und es ging Noak wirklich gegen den Strich seinem Mitarbeiter das Wochenende zu rauben. Also, angenommen, Ostenwaller begann heute und machte am Montag weiter, wem konnte es schaden?

Es ging nur um eine DNA und die im Labor arbeiteten am Wochenende sowieso nur unterbesetzt, also würden die Ergebnisse vermutlich auch erst Mitte der nächsten Woche auf seinem Tisch liegen. Also sollte sich Ostenwaller frei nehmen und Leine am Samstag Schicht machen, aber nein, die stand unter dem Mutterschutzgesetz, die durfte am Wochenende nicht mehr arbeiten, musste er sich also mit Ostenwaller abwechseln und dann musste sowieso der Diensthabende im Büro bleiben und durfte nicht in der Gegend herumzwitschern. Also war für beide in gewisser Weise ein Teil des Wochenendes gestorben, sollte Ostenwaller wählen, welchen Tag er frei haben wollte.

»Sonntag«, sagte Ostenwaller, »morgen hat meine Freundin eine Putzaktion angekündigt, da ist mir jeder Grund recht, mich zu entziehen. Ich werde also morgen hier die Stellung halten. Sonst noch was?«

»Fahren Sie heute ein paar von den nächstliegenden Fitnessclubs ab und machen Sie von mir aus um achtzehn Uhr Schluss. Rufen Sie mich am Handy an und erstatten Sie mir einen kurzen Bericht über die Fortschritte Ihrer Suche. Ich werde jetzt nach Hause gehen. Leine ist noch bis um vier hier.«

»In Ordnung, Chef, genießen Sie die wenigen freien Stunden!«

Und dann ging Noak auch schon, verließ die grauen Mauern, ließ die Arbeit hinter sich zurück, trat in den Sonnenschein und fast, ja fast hätte auch er das Gesicht dem wärmenden Licht entgegengestreckt, doch er konnte sich gerade noch beherrschen, das ging wirklich zu weit mit ihm, aber im Frühling spielte alles verrückt, warum nicht auch er?

Das ist doch im Leben immer so, läuft dir einmal eine Person über den Weg an die du dich erinnerst, triffst du sie immer wieder an den unterschiedlichsten Orten, vielleicht war sie vorher auch schon einmal im selben Park, im gleichen Einkaufszentrum, im gleichen Bus wie du, nur hast du sie nicht gesehen, aber dafür fällt sie dir jetzt umso mehr auf, jetzt, wo du dich an ihr Gesicht erinnerst und es am liebsten gar nicht sehen würdest, aber da ist es: die Pizzabotin, in Noaks Fall, auf dem Weg entlang des Sees, nur diesmal führte sie nicht ihre Tasche sondern einen Mann im Rollstuhl aus. Noak hatte sich sofort abgewandt, als er sie bemerkte und war erleichtert, dass sie ihn noch nicht gesehen hatte, zum Glück, dachte er jetzt, so musste nur er das Spiel spielen, dass er sie nicht entdeckt hätte.

Ostenwaller hatte wie erwartet gestern nicht viel herausgefunden, bisher war Frau Liebhardt in keinem der von ihm angefahrenen Fitnessclubs Mitglied gewesen, eines hatte sogar wegen Renovierungsarbeiten geschlossen und würde erst Mitte nächster Woche wieder aufsperren, so war der Samstag auch bisher ruhig verlaufen, keine Nachricht von Gronwald oder Mansour oder gar Kathun, aber sie waren ja auch noch nicht wirklich lange in den Staaten – vielleicht war es schwer, Richters Fährte aufzunehmen, deswegen hatte Noak beschlossen, spazieren zu gehen und war promt auf die Pizzabotin gestoßen. Gerade beugte sie sich zu dem alten Mann und half ihm, den

Schal enger um den faltigen Hals zu ziehen, der Wind konnte einem schon manchmal wirklich zusetzen, besonders hier am See, auch im Frühling. Schnell, eine andere Richtung einschlagen, schnell, ehe sie den Kopf hob und sich umsah. Noak setzte sich in die entgegengesetzte Richtung in Bewegung und wandte sich kein einziges Mal mehr um, denn das hätte ihn verraten, wenn sie zufällig genau in diesem Augenblick zu ihm schauen würde, ihn erkannte auf seiner Flucht vor ihr.

Als er die verlassene Strandbar erreichte, hielt er inne und beobachtete die sanften Wellen, die Gischt, kleinen Schiffchen gleich auf und ab schaukelten – ein beschaulicher Ort, ein schöner Tag, nur ein wenig windig. Seine Augen tasteten das Ufer ab, folgten seinen Linien, da, da war das Haus, besser gesagt die liebhardtsche Ruine, ein wenig hinter Bäumen verborgen, ja, ein wunderbares Grundstück, das Juwel eines Villenviertels. Automatisch kehrten seine Gedanken zurück zu dem Fall, der mit jeder Entdeckung verworrener wurde, ein Knäuel bunter Fäden, die nicht zueinander passten und sich schon gar nicht zu einem ansehnlichen Muster eines Pullovers zusammenfügen würden, nein zu bunt waren sie, zu unterschiedlich ihr Material, wenn es nur irgendeine Vorlage gäbe, irgendeine Anleitung, wie man weiter vorgehen sollte, wie man die Puzzlesteine ineinander fügen könnte, irgendetwas, aber nein, nichts, nicht einmal ein kleiner Hinweis flatterte vor seiner Nase vorbei und plötzlich fühlte Noak sich müde, er kehrte zu seinem Auto zurück und fuhr nach Hause.

Einen Tag später war Noak gerade dabei Feierabend zu machen um den ausklingenden Sonntag bei einem Glas Bier – das musste auch mal sein, er durfte eh nicht viel Alkohol trinken – und einer Packung Chips vor dem Fernseher zu genießen, als das Telefon klingelte. Er warf seine Jacke mit einem Aufstöhnen erneut über die Sessellehne, bisher war der Tag so wunderbar ruhig vergangen, aber das war typisch, dass etwas geschah, wenn er einmal an sich selbst denken wollte, griff nach dem Hörer: »Noak.«

»Hallo Valer!«

Gronwald. Schau an, meldete sie sich auch einmal, war auch höchste Zeit, aber wie immer, zum genau richtigen Zeitpunkt.

»Sieh an, unsere amerikanische Außenstelle. Genießt du deinen Urlaub?«

»Sie ist nicht in Houston.«

»Bitte?«

»Frau Richter. Sie ist nicht in Houston.«

»Das war zu erwarten. Vermutlich müsst ihr jetzt sämtliche Bundesstaaten der USA nach ihr absuchen, Kathun soll sich reinhängen.«

»Sie war niemals in den Staaten. Shabaz hat herausgefunden, dass sie nicht eingereist ist. Wahrscheinlich ist sie irgendwo ausgestiegen.«

»Natürlich. Vielleicht über dem Atlantik?«

»Valer, verdammt, überleg doch mal. Sie hat Deutschland nicht verlassen. Wahrscheinlich ist sie nach Frankfurt geflogen, hat aber die Verbindung in die USA nicht in Anspruch genommen. Frau Richter ist ganz in unserer Nähe! Fragt sich nur, weshalb sie das Versteckspiel mit uns spielt.«

Richter nicht in den USA STOPP wahrscheinlich in Deutschland STOPP oder in einem EU-Land STOPP Arbeit STOPP Viel Arbeit STOPP – Noaks Feierabend war dahin.

Innerhalb kurzer Zeit hatte Noak herausgefunden, dass Frau Richter tatsächlich in Frankfurt nicht mehr eingecheckt hatte, aber weshalb? Hatte Liebhardt sie telefonisch rechtzeitig erreicht und überreden können zu bleiben? Aber warum war ihnen das alles nicht schon viel früher eingefallen? Sie hätten sich viel Zeit und Mühe erspart, beides kostbare Güter; und zwei Tickets in die Staaten. Liebhardt. Noch immer fristete er ein Dasein als Schattenmann ohne Identität, er war geflohen, wie dumm, wie dumm. Aber was, wenn er Frau Richters Fährte aufgenommen hatte, was wenn er sich an ihr für ihr Verschwinden rächen wollte? Eine Frau hatte er, wie es aussah, bereits umgebracht, warum nicht noch eine zweite? Da war es wieder das Phantom der Verbrannten, der vermutlich gefesselten, wer außer Frau Liebhardt konnte das sein und, wenn wir schon in diese Richtung dachten, wo war Frau Liebhardt dann? Moment. Der Flug in die arabischen Emirate, war der schon einmal überprüft worden? Vielleicht war sie ahnungslos abgeflogen, hatte sich auf den Weg gemacht, noch bevor das Haus dem Feuer zum Opfer gefallen war? Und sollte sie tatsächlich geflogen sein, gab es plötzlich eine weitere Verdächtige: nämlich Frau Liebhardt selbst. Noak trommelte mit seinen Fingern auf die Tischplatte, ja, daran hatten sie überhaupt nicht gedacht, sie waren viel zu sehr mit Frau Richter und Herrn Liebhardt beschäftigt gewesen. Morgen hatte Leine einiges zu tun, dachte Noak und verließ sein Büro, morgen war auch noch ein Tag, morgen.

»Als erstes möchte ich, dass Sie die Suche nach Frau Richter innerhalb Deutschlands koordinieren, Leine, und wenn Sie mal etwas Zeit haben, dazwischen wieder einmal ein Telefonat mit dem Flughafen führen. Es geht um Frau Liebhardt. Finden Sie heraus, ob sie den Flug in die Arabischen Emirate genommen hat.«

Leine starrte ihn an, als würde sie ihn das erste Mal sehen, dieser Noak hatte wohl in den letzten Tagen seinen Verstand verloren, wenn er denn überhaupt jemals einen besessen hatte – ob die Leiche weggeflogen ist, will er wissen, vielleicht war es nun bei ihm soweit, Frühpension mit Mitte Dreißig.

»Schauen Sie mich nicht so an, Leine, Sie haben richtig verstanden. Laut DNA ist das Opfer nicht identisch mit Frau Liebhardt.«

»Was?«

»Sie haben richtig gehört und nun los, an die Arbeit!«

Sie war schon dabei das Zimmer zu verlassen, vollkommen verwirrt, aber da konnte Noak ihr auch nicht helfen, er kannte sich selbst schon bald nicht mehr aus und musste die Fakten, die wie kleine Würmer aus seinem Zugriff entschwinden wollten, immer wieder einsammeln und zurück in den Topf legen.

»Aber«, sagte sie, in diesem Moment klopfte es – wer konnte das sein? Ostenwaller war doch gerade erst zu den Fitnessclubs aufgebrochen, Mansour war in

den States, Gronwald auch, blieben Novak und Großmann, ein Seufzer, es musste wohl sein: »Herein.«

Dann fiel Noak fast die Kinnlade herunter und
Leine auch, als sie den Mann erkannten, der langsam
eintrat.

»Was tun Sie denn hier?« fragte Leine und dieser
Ausruf war ein wenig fehl am Platze, denn dies war
genau der Ort, wohin er gehörte, hier und nicht woanders hin, aber dass er das nicht so sah, hatte Liebhardt ihnen in den letzten Tagen zur Genüge bewiesen und nun stand er hier, vor ihnen, der Ausreißer
war zurückgekehrt.

»Ich stelle mich.«

Jetzt, dachte Noak ein wenig sauer, jetzt, nachdem wir tagelang versucht haben, dich zu finden.
»Durch Ihre Flucht haben Sie es sich nicht einfacher
gemacht«, sagte Noak und drückte einen Knopf auf
seinem Telefon, »mal sehen, ob Ihnen Ihr freiwilliger
Einstand hier in irgendeiner Form Milderung ver-
schafft. Wir haben einen Haftbefehl gegen Sie.«

Die Tür wurde aufgerissen und zwei Uniformierte
eilten in den Raum.

»Sie werden Herrn Liebhardt nicht eine Sekunde
aus den Augen lassen, bis ich es Ihnen sage«, Noak
zu den Männern, die Liebhardt gleich in ihre Mitte
nahmen und aus dem Raum führten, manchmal geschahen noch Wunder, dachte Noak und auch Leine
dachte Ähnliches und fühlte Hunger in ihren Gedär-
men rumoren.

»Das ist der Augenblick, eine Pizza zu bestellen.«

»Ach Leine, wie wärs mal mit etwas Abwechslung?
Chinesisch?«

»Nein. Pizza. Sie können sich gerne etwas vom Chinesen bringen lassen, habe ich nichts dagegen, doch ich werde für mich eine schöne Pizza bestellen.«

Wenn er auf seiner Pekingente bestehen wollte, würde er wohl oder übel selbst im Restaurant anrufen müssen und dazu hatte er wirklich keinen Nerv, also wieder Pizza, eine Faulheitspizza, das Leben könnte so schön sein, wenn man Mitarbeiter hätte, die sich ein bisschen um ihn und eine ausgewogene Ernährung sorgen würden.

»Also Pizza«, knurrte Noak, »und halten Sie mir ...«

»Jaja, Sie wird Ihnen nicht unter die Augen treten.« Leine schüttelte verständnislos den Kopf und weg.

Eine halbe Stunde lang ging Noak mit auf dem Rücken verschränkten Armen auf und ab und überlegte, welche Fragen er Liebhardt stellen sollte, um soviel Wahrheit als möglich aus dem Mann herauszulocken oder vielleicht sogar ein Geständnis, aber das wäre zu viel der Hoffnung, soweit konnte er noch lange nicht denken, ein Geständnis, zu schön und viel zu weit weg. Taktik, alle Trümpfe steckten in der richtigen Taktik, in den richtigen Fragen, in ihrer Reihenfolge, an seinem Gesichtsausdruck und wie Liebhardt geschlafen hatte, ob er Angst hatte oder nicht, schuldig war oder nicht, um das Problem zu lösen, bedurfte es geschulter Kommunikationstechniken, seelsorgerlichen Fingerspitzengefühls und das Gespür für das Zwischenmenschliche. Gronwald war in solchen Dingen besser als er und verfügte außerdem über den viel gerühmten weiblichen Instinkt.

Aber nein, sie hatte ja Wichtigeres zu tun gehabt und war aufs Geratewohl in die USA aufgebrochen und das mit dem Segen des Präsidenten – was der wohl sagen wird, wenn er erfährt, dass sie sich die Reise hätte sparen können und stattdessen ein Kurztrip nach Hessen ausgereicht hätte, um dem Rätsel vielleicht sogar um einiges näher zu kommen, als sie es bisher getan hatten, aber nein, so war es nun mal nicht, darüber nachzutrauern half auch nichts mehr, da musste Noak durch, da mussten sie alle durch und vor allem Liebhardt. Entschlossen riss er die Zimmertür auf, stürmte in den angrenzenden Raum, die Pizzabotin, genau in diesem Augenblick, verharrte zwei Sekunden, starrte ihn an, wandte sich von ihm ab und Leine zu: »Die Pizza.«

Kurz ein wenig unentschlossen trat Noak von einem Bein aufs Andere.

»Leine, wenn Sie diese Angelegenheit geregelt haben, schicken Sie Liebhardt und Konsorten zu mir ins Zimmer.«

»Ach, Chef, jetzt wo Sie gerade da sind – was halten Sie davon heute zu bezahlen? Dann sind wir quitt.«

Noak starrte sie an, was ihr wieder einfiel, sie wusste genau, dass er mit der Pizzabotin nichts zu tun haben wollte, aber so waren die Frauen eben, hinterlistig und gehässig und vor allem schwanger.

»Moment«, sagte er und begab sich auf die Suche nach Barem.

Während er die Schreibtischschubladen nach einigen Münzen durchsuchte, hörte er die Pizzabotin zu Leine sagen: »Herr Nasehoch hat sicherlich nicht von dem Chemiker-Liebhardt gesprochen dessen Haus gerade abgebrannt ist, oder?«

Noak hielt inne, lugte über den Schreibtisch, konnte durch die offene Tür gerade einen Blick auf die Seitenansicht der Pizzabotin erhaschen, von Leine nur die Stimme.

»Tut mir leid, aber darüber darf ich keine Auskunft geben.«

Brave Leine, niemals etwas an Dritte verraten, konnten sich immer als Plaudertaschen entpuppen und es war gegen die Vorschriften, mit denen er es ja sehr genau nahm, naja, zumindest manchmal.

»Wissen Sie schon, wer in den Flammen umgekommen ist?«

Keine Antwort, wahrscheinlich zuckte Leine mit den Achseln.

»Ich habe Frau Liebhardt schon lange nicht mehr gesehen, was auch nicht verwunderlich ist, sie verreist oft und mit der Lieferadresse ist es zur Zeit wohl auch etwas schwierig. Haben Sie die Liebhardt schon einmal gesehen?«

Verreist oft, lange nicht gesehen? Noak richtete sich langsam auf, warum war ihm der Gedanke nicht gekommen, so eine Pizzabotin kam herum in der Weltgeschichte.

»Nein.« Leines Antwort.

»Ein Körper, sage ich Ihnen, da wird jede Frau neidisch, wirklich. Aber sie hat auch viel dafür getan, drei Mal in der Woche ins Fitnesscenter, manchmal auch öfter.«

»Woher wissen Sie so gut über Frau Liebhardt Bescheid?«

Langsam näherte er sich der Tür, das Geld hatte er natürlich vergessen, es gab viel wichtigere Dinge auf der Welt, als Moneten, obwohl man diesen ja nachsagte, sie wären zuständig für das »world go round«. Im Moment zum Beispiel gewann diese kleine Frau mit der Schirmkappe vor seiner Tür mit jeder Minute mehr an Bedeutung, ja sie verwandelte sich zu einem Ding dringenden Begehrens, er wollte sie hier, in seinem Büro, auf diesem Stuhl, mit einem Schwall an Informationen, die aus ihrem Mund sprudelten.

»Wir liefern auch Salate. Wohlgemerkt, sehr gute Salate, von höchster Qualität. Frau Liebhardt weiß das zu schätzen, aber mehr kann ich nicht sagen, auch ich darf über meine Kunden keine Auskunft geben.«

Vor seinem inneren Auge konnte er sie grinsen sehen, er trat in den anderen Raum, »Frau Pizzabotin, hätten Sie wohl einen Augenblick Zeit?«

»Ich habe einen Namen, Herr Spürhund und nein, ich habe keine Zeit. Es gibt noch einige Pizzen die auf ihre Auslieferung warten. Wenn Sie also nun so freundlich wären, mich zu bezahlen, dann werde ich Sie nicht länger belästigen.«

»Ihr Name?«

Die Pizzabotin drehte sich zu Leine: »Hat er mit mir gesprochen?«

»Wie es aussieht, hat er nach Ihrem Namen gefragt.« Leine grinste und öffnete die Schachtel ihrer Pizza, »Hm, riecht die wieder lecker!«

»Haben Sie ihn vergessen?«

Noak war versucht seine Hand nach ihr auszustrecken und sie in sein Büro zu zerren, er konnte sich gerade noch beherrschen, sie hatte wirklich eine Art diese Frau, wirklich eine Art, die war ihm nicht mehr egal.

»Ich habe gar nichts vergessen, schon gar nicht, dass Sie mir noch Geld schulden.«

Leine biss in ein Stück und seufzte tief. »Einfach köstlich! Ich liebe Sie!«

»Danke.«

»In mein Büro bitte.«

»Also, wenn das hier noch lange dauert, werde ich ein Mahnverfahren einleiten. Wie viele Zimmer muss ich weitergehen, um das machen zu können?«

»Tut mir leid, aber hier im Haus gibt's keine Möglichkeit dazu. Das müssen Sie über irgendein Gericht machen. Am Besten Sie kaufen einen Mahnbescheid in einem Papierwarenladen.«

Das wieder Leine, liebenswürdig, als existierte Noak nicht, für keine von ihnen schien er anwesend. Noak hob schon die Hände um sich die Haare zu raufen, da kam ihm eine Idee.

»Der alte Herr da, mit dem Sie sich immer wieder treffen, hat Anzeige gegen Sie erstattet.«

Mit einem Ruck fuhr ihr Kopf zu ihm herum.

»Herr Junge?« Wie blass sie plötzlich war, hatte er den Nagel auf den Kopf getroffen? Ging da etwas nicht ganz legal zu in ihrem Leben? »Weshalb?«

Nun genügte eine kleine, auffordernde Geste in Richtung seines Büros und ohne ein Wort, setzte sie sich dorthin in Bewegung, wirklich faszinierend, wenn man etwas aus dem Privatleben des Anderen wusste, von dem man eigentlich nichts wissen konnte und das man durch Zufall erfahren hatte, Macht war das Wort, Macht und er hatte sie schamlos genutzt, er war wirklich eine miese Type, besonders, was den Umgang mit dieser Frau betraf.

»Ihr Name?«

Noak schloss die Tür hinter sich, ging um den Schreibtisch herum, ließ sich in seinen Sessel sinken. Sie stand noch immer in der Mitte des Raumes, sollte sie ruhig stehen, er würde ihr keinen Platz anbieten, die Chance hatte sie vertan.

»Sieke Naumann.«

So einfach war es, zu antworten, so schnell, ohne Zögern, Noak bemerkte ein Unwohlsein, das in ihm aufstieg, es war nicht Recht, was er hier tat, nein, das mochte er gar nicht, er sollte schnell die Wahrheit sagen.

»Keine Sorge, Frau Naumann, niemand hat Anzeige gegen Sie erstattet«, sagte er beiläufig, »Ihre Beziehung zu Frau Liebhardt würde mich interessieren und ob Sie nicht zufällig wissen, in welchem Fitnesscenter sie trainiert.«

Die Pizzabotin starrte ihn fassungslos an, ihr Blick war ihm wirklich unangenehm, er konnte genau lesen, was sie von ihm dachte und welche Gefühle er mit seiner Behauptung in ihr geweckt hatte, nämlich Entsetzen, Angst, eine kindliche Angst, als wäre sie niemals erwachsen geworden, als hielte sie etwas in ihrer Kindheit fest, ein Verlust, der niemals ersetzt worden war vielleicht, der ihr heute noch zu schaffen machte, nein, das wollte er nicht sehen, so weit hatte er sie nicht kennen lernen, so tief hatte er sich nicht mit ihr befassen wollen, doch sie stand da und Leid schimmerte in ihren Augen, dann wandte sie sich um, schweigend, steuerte die Zimmertür an.

»Und Ihr Geld?« Noak sprang auf, sie zuckte mit den Achseln, »Halt, bleiben Sie stehen! Bitte, bitte, Sie könnten mir und meinen Kollegen mit einer Antwort viel Arbeit ersparen!«

Sie drehte sich nicht mehr um, ihre Schultern so schmal, es war ihm niemals aufgefallen, er hatte ihre Größe wohl der ihres Mundwerks angepasst, so gesehen also eine Riesin, die er immer gesehen hatte.

»Im Poseidon. In Markkleeberg.«

Naheliegend, dachte Noak, warum war Ostenwaller noch nicht dort gewesen?

Dann ging sie, blickte ihn nicht mehr an, winkte Leine flüchtig zu und war weg. Wie ein dummer begossener Pudel stand er im Türrahmen und starrte ihr nach, auch, als sie längst aus seinem Blickfeld verschwunden war, diese Gefühlsladung war zu präsent, sie hing noch hier in diesem Raum, machte ihm das Atmen schwer, ihm Jakob Valer Noak von der Kriminalpolizei, der den Anblick zerfetzter Leichen gewohnt war, aber nicht so tief verzweifelter Frauen. Er hatte falsch gespielt, seine Position ausgenutzt, Verachtung, Verachtung tief in sich über sich selbst, ein klein wenig Höflichkeit hätte ihn auch ans Ziel gebracht – so wollten doch die Menschen behandelt werden, höflich und mit Respekt.

»Bestellen Sie mir noch eine Pizza, meine ist schon kalt«, sagte Noak und kehrte in sein Zimmer zurück, »Und schicken Sie die Botin zu mir.«

»Ostenwaller, ich habe herausgefunden, wo Frau

Liebhardt trainierte. Natürlich in Markkleeberg. Wieso waren Sie nicht dort?«

»Ich war dort«, die Stimme des Beamten klang durch das Telefon ein wenig verzerrt, »es war wegen Renovierungsarbeiten geschlossen.«

»Wann wird es wieder geöffnet?«

»Mittwoch.«

Ein kleiner Fluch, während die Tür aufging und Liebhardt eintrat.

»Kommen Sie wieder ins Büro.«

Noak knallte den Hörer auf die Gabel, »Setzen Sie sich, Liebhardt und jetzt, mein Lieber, wird einmal Klartext gesprochen.«

Noak stand auf, ging um den Tisch herum, lehnte sich gegen den Schreibtisch, er musste wirklich allwissend wirken, überlegen, so: ich kenne dich du Wurm und deine Gedankengänge und ich weiß genau, was du in jener Nacht getan hast. »Wenn Sie nicht endlich mit der ganzen Wahrheit rausrücken, dann sitzen Sie bald verurteilt im Knast, verstanden?«

Liebhardt zuckte ein wenig zusammen, soviel zu Fingerspitzengefühl, aber sie waren hier schließlich nicht auf einem Jugendlager sondern bei der Polizei und da war man nicht zimperlich und Noak schon gar nicht, hier kam man zur Sache, sofort und ohne Umschweife.

»Wir haben nämlich nicht geschlafen, während Ihrer Abwesenheit«, fuhr Noak fort, verschränkte die Arme, »So sind wir zum Beispiel dahinter gekommen, dass Sie die wertvollen Gemälde Ihrer Sammlung noch rechtzeitig in Sicherheit gebracht haben und erzählen Sie mir jetzt nicht, dass das Zufall war. Weiters weist Ihr Alibi eine bedeutende Lücke auf und zwar genau zu der Zeit, als der Brand gelegt worden war und außerdem wurde Ihr Tresor demoliert, nachdem er geöffnet wurde. Also, Herr Liebhardt, was haben Sie dazu zu sagen.«

Er war immer kleiner geworden, bei Noaks Worten, immer stiller, wenn das überhaupt ging, denn er hatte bis jetzt noch nichts gesagt, aber trotzdem war er stiller geworden, sein Atem kam noch leiser, seine Hände zitterten, da war etwas, seine Weste war nicht weiß, er hatte etwas zu verbergen, aber nicht mehr lange, Noak würde die Nuss noch knacken, heute, hier, jetzt.

»Also?« Das, nachdem der Verdächtige einige Minuten geschwiegen hatte, auffordernd, ein freundlicherer Unterton, »Kommen Sie Liebhardt, gestehen Sie, dann haben Sie es hinter sich. Werden sehen, es geht Ihnen danach viel besser.«

Da war er der Seelsorger, feinfühlig, die richtigen Worte, zur richtigen Zeit, so wie es sich gehörte, Vertrauen gewinnen, angenehme Gesprächsatmosphäre schaffen und einem Geständnis stand nichts mehr im Weg, außer Leine, die genau den richtigen Zeitpunkt abgepasst hatte um die Tür aufzureißen.

»Der Pizzabote.«

Es war nicht Naumann.

»Was soll ich mit ihm?« Noak konnte seinen Ärger nur schwer unterdrücken, wie sollte er in einem solchen Vogelhaus arbeiten, wie sollte er diesen Fall jemals abschließen, wenn die Lemminge hier durchwippten, zu jeder Sekunde, über den Fußboden, den

Schreibtisch, den Fensterrahmen und sich schließlich ins Freie stürzten, kleine grüne Männchen, bald glaubte er an sie und alle trugen Leines Gesichtszüge. Kopfwackeln nach vorne und nach hinten und Leines Gesicht. Urlaub. *Er* hätte nach Amerika fliegen sollen!

»Sie haben ausdrücklich erklärt, ihn sehen zu wollen.«

»Gut, ich hab ihn jetzt gesehen. Dankeschön und hinaus mit Ihnen beiden. Ich leite gerade eine Untersuchung, vielleicht ist Ihnen das schon aufgefallen.«

»Na, dann untersuchen Sie mal schön weiter, Herr Doktor, vielleicht finden Sie ja heute das berühmte Korn.«

Noak schloss die Augen, die bestens aufgebaute Stimmung war dahin, Liebhardt wirkte verschlossen, wie noch niemals zuvor und daran war Leine Schuld, diese Leine, die Gronwald bald den Rang ablief im Lästigsein. Nachdem er sich ein wenig gefasst hatte, fixierte er wieder Liebhardt.

»Sie wollten mir gerade etwas gestehen«, erinnerte er den anderen.

»Wollte ich nicht.«

Noak seufzte.

»Liebhardt, helfen Sie mir, den Fall zu lösen und es wird sich positiv auf Ihr Verfahren auswirken.«

»Ich bestehe auf einem Anwalt.«

Verdammt, Noak begann zu fluchen, innerlich natürlich, äußerlich blieb er ruhig.

»Selbstverständlich haben Sie das Recht einen Rechtsbeistand zu Rate zu ziehen. Soll ich Sie mit Herrn Wyssada verbinden? Oder vielleicht besser nicht, er kann Sie aus Gründen der Befangenheit nicht gesetzlich vertreten.«

Liebhardt starrte ihn wenige Augenblicke an, es war, als würde er sich erst jetzt seiner Lage bewusst, er schluckte, vergrub das Gesicht in seinen Händen, »Na gut, Herr Kommissar, na gut. Ich habe den Tresor aufgeschlossen und danach demoliert.«

Ja! Noak jubelte innerlich auf, ja! Ein Tor, ein Tor!

»Und warum haben Sie das getan? Ist ja nicht wirklich einleuchtend, sich einen teuren Tresor zu kaufen und ihn dann selbst zu zerstören.«

»Es sollte aussehen, wie ein Einbruch.«

»Der Einbrecher, der das Feuer legt?«

»Ja«, Liebhardt nickte, »genau so sollte es aussehen. Wir haben alles genau geplant, die Bilder verliehen, den Tresor aufgebrochen, den Schmuck in Sicherheit gebracht, das Alibi wasserdicht durchdacht.«

»Weshalb?«

»Wegen der Schulden.«

»Erzählen Sie mir nichts von Schulden. Sie wissen genauso gut wie ich, dass es keine gibt.«

Liebhardt ballte eine Hand zur Faust und schlug sich damit auf den Oberschenkel, er wirkte erregt und verärgert: »Wollen Sie die Wahrheit hören oder nicht?«

»Fahren Sie fort.«

»Meine Frau erzählte mir von diesen gewaltigen Schulden, die sie an der Börse gemacht hat und mir war sofort klar, dass wir diesen Betrag niemals würden zahlen können, außer, wir verkauften unser Haus und alles was darin war. Aber das wollten wir nicht. Clarissa konnte sich nicht vorstellen, wo anders zu wohnen, jemandem Fremden unseren Grund und Boden zu überlassen, unser Heim und unsere Gemälde. Deswegen schmiedeten wir einen Plan und beschlossen, ein Feuer zu legen. Mit dem Geld aus der Versicherungssumme hätten wir die Schulden bezahlen und ein weniger teures Haus bauen können, wir hätten den Verlust gering gehalten, erträglich gering. Das Haus war das Opfer, das wir bringen mussten, um uns vor dem finanziellen Ruin zu bewahren. So verliehen wir die Bilder, nahmen die wertvollen Gegenstände. Ich demolierte den Tresor einen Abend bevor der Brand ausbrechen sollte und zog mit meinem Freund Gero Wyssada durch Leipzigs Kneipen, auch um zu vergessen. Diese eine Stunde in der Nacht trennten wir uns und ich sah darin kein Problem, denn ich brauchte kein Alibi, verstehen Sie? Das Feuer kam eine Nacht zu früh!«

Noak runzelte die Stirn, das klang ja alles ziemlich, ziemlich, ja wie eigentlich?

»Wo waren Sie zur Tatzeit?«

»In einem … Lokal.«

Treffer ins Schwarze.

»In welchem Lokal?«

»Ich … habe ein bisschen geraucht.«

Gab es Schwärzer als Schwarz? Tiefstes, dunkelstes Schwarz, schwarzes Loch, schwarz, schwarz, rabenschwarz.

»Was geraucht?«

»Gras.«

»Gibt es Zeugen?«

Liebhardt hob die Augenbrauen, ein wenig erstaunt

über die naive Frage, Noak seufzte, natürlich nicht, keiner der dort Anwesenden würde freiwillig einen Fuß in eine Polizeidienststelle setzen.

»Gut, keine Zeugen. Danach?«

»Habe ich mich wieder mit Gero getroffen. Um drei bin ich heimgekommen. Den Rest kennen Sie.«

Noak warf den Kopf in den Nacken, starrte auf die graue Zimmerdecke mit den Leuchstoffröhren, hässliche Dinger, wirklich, man sollte sie verbieten, das Licht hatte die gleiche billige Farbe, wie sein Leuchtmittel.

»Gut, Liebhardt, wir werden das überprüfen, so weit es uns möglich ist. Wenn Ihnen noch etwas einfällt, zögern Sie nicht, es mir mitzuteilen.«

Klingeling, Telefon.

»Noak.«

»Hier Andreas. Hast du Zeit?«

Ah, der von den *Möchte-ich-sagen-* und *Klar- soweit-Typen*, ja, dank »Du« war man vertraut, der Andreas, der einzig fragliche Andreas, man erkannte sich doch schon an der Stimme, kein Nachname mehr, nur Andreas mit der Voraussetzung, dass Noak sofort wusste, um wen es sich handelte und er hatte Recht, Noak wusste es, aber nicht wegen der angeblichen Vertraulichkeit, sondern wegen der Aufdringlichkeit dieser Worte, beziehungsweise, des nicht Nennens des Famliennamens.

»Nein. Aber komm trotzdem.«

Legte den Hörer auf, »also, Liebhardt, machen Sie es sich in der Zelle in der Zwischenzeit bequem.«

Die Beamten nahmen Liebhardt in die Mitte und verließen hintereinander den Raum, dann Leine von etwas außerhalb der Tür her: »Chef, Frau Liebhardt ist nicht in die Emirate gereist.«

»Wie sieht's aus mit den Ermittlungen bezüglich Frau Richter?«

»Laufen, aber keine Neuigkeiten.«

»Hier bin ich!« von hinter der Leine, Ostenwaller im Bildausschnitt, »Sammeln Sie Pizza?«

»Essen Sie sie, ich komm nicht dazu.«

Das war wirklich ein Verein hier, da fehlten einem die Worte, Zustände, die würde ihm keiner abnehmen, Anarchie, großflächig würde sie sich von dem Epizentrum dieses Büros aus verbreiten, Deutschland durchdringen, Österreich, ja sich bis nach Italien durchfressen, doch da machte es nichts aus, da war man an so etwas gewöhnt.

»Danke, Chef, das ist eine feine Sache.«

»Wenn Sie fertig sind, fahren Sie bitte zum Poseidon und versuchen Sie schon heute etwas über Frau Liebhardt herauszufinden, vielleicht lassen die Sie ja auch schon an den Spind. Setzen Sie sich dafür ein und dann nehmen Sie etwas mit, das sich für eine DNA-Analyse eignet, Sie wissen schon.«

»Gute Idee, Chef«, meinte Ostenwaller anerkennend und kauend, ja, er war schon ein feiner Junge, ein wenig langsam, aber immerhin zu begeistern, auch für die blödesten Jobs, ja ein guter Junge und richtig in Noaks Abteilung, solche Leute brauchte man, die veränderten zwar nicht die Welt, aber machten sie ihm zumindest um einiges leichter.

Dann Novak, an ihm vorbei ins Büro, so schnell konnte Noak gar nicht schauen, folgte seinem Kollegen, schloss die Tür: »Und, sind wir schlauer?«

Wieder dieses Atemholen, kurze Anhalten und gleichzeitig mit der Luft auch die Informationen: »Kommando zurück. Die DNA stimmt überein.«

Noak wusste nichts mehr in diesem Augenblick, die ganze Welt war so leer, Nichts, keine Gedanken, er verstand sowieso nichts, hatte keine Ahnung, frei, schweben, über allem.

»Wir haben das Auto nach weiteren Spuren durchsucht und sind tatsächlich auf Frau Liebhardts DNA gestoßen, die mit der der Leiche übereinstimmt. Es war also doch Frau Liebhardt, die im Haus verbrannt ist.«

Doch Frau Liebhardt. Ringel, Ringel, Reihe, hab ich Leichen zweie, nehm ich eine weg, hat es keinen Zweck. Zumindest waren seine Theorien von bevor-der-Desillusion-durch-die-erste-DNA-Analyse nicht falsch gewesen, aber dafür verlor er schon langsam den Überblick, auch Liebhardts Aussage rückte wieder in ein anderes Licht, ein bitterer Beigeschmack.

»Sicher?«

»Ja, vollkommen. Die gleiche DNA.«

Frau Liebhardt war nicht in die Emirate geflogen, ihr Tod machte diesen Fakt schlüssig, so lösten sich manchmal die Dinge oder auch nicht, er war sich nicht so sicher, was wusste er schon, er war nur ein Kriminalkommissar, ein einfacher Kriminalkommissar mit einem Gespür fürs Blumengießen.

Aber irgendetwas, irgendetwas schwirrte durch seine Gedanken, doch er konnte es nicht fassen, aber es war da, musste noch ein wenig wachsen und vielleicht würde es sich ihm bald offenbaren, ja, Polizeiarbeit hatte manchmal etwas von einer Schwangerschaft, man trug den Fall vor sich hin und irgendwann war er so ausgebacken, dass er nach draußen musste, fertig, rosig, klar und deutlich.

»Sag Ostenwaller, er braucht nicht zum Fitnesscenter fahren, sondern soll Leine helfen, bei was auch immer sie gerade macht.«

»Hat irgendjemand von Ihrem Plan mit dem Feuer gewusst? Zum Beispiel Frau Richter oder Herr Wyssada?«

Neuer Tag, neues Glück. Liebhardt hatte dunkle Ringe unter den Augen, ja auf so einem Gefängnisbett schlief man nicht wirklich gut, aus war es mit der Punktelastizität richtigen Schlafens und Härte verstellbaren Lattenrosten, aus mit dem Komfort einer kuscheligen, übergroßen Daunendecke – der gleiche schlichte Stil, wie hier in Noaks Büro. Die Bürotür, ein schwangerer Bauch: »Herr Kathun möchte Sie sprechen.«

»Er soll kurz warten, bieten Sie ihm einen Kaffee an … ah, nein, keinen Kaffee, irgendetwas Anderes. Ich bin gleich soweit.«

Leine zuckte mit den Achseln, zog die Tür hinter sich wieder zu, Ruhe, fragte sich nur, für wie lange.

»Frau Richter. Ob Gero davon wusste, kann ich nicht sagen. Vielleicht hat Clarissa sich ihm anvertraut, wobei ich das nicht glaube.«

Irgendetwas schlich seit gestern durch seine Gehirnwindungen, er vergaß etwas, er wusste es, etwas Offensichtliches, aber was?

»Wussten Sie, dass Frau Richter ihren Job verloren hat?«

»Was hat sie?«

Liebhardt war wirklich erstaunt, Noak begann daran zu zweifeln, dass hier der Richtige vor ihm saß, ja, die Beweise sprachen gegen ihn, aber der Mann wurde von einer Neuigkeit zur nächsten gebeutelt und schien sich davon nicht mehr zu erholen.

»Kurz bevor bei Ihnen die Welt aus den Fugen geriet.«

»Sie hat ihren Job verloren? Das war es wahrscheinlich, was sie mir erzählen wollte. Wir haben uns in den Wochen vor diesem Desaster ziemlich wenig gesehen und uns für letzten Samstag verabredet, aber dazwischen hat sie sich ja von mir getrennt, wie Sie wissen. Aber das verstehe ich …«

Das Telefon. Nein, jetzt nicht. Noak ignoriert es. Liebhardt wirkte ein wenig irritiert.

»Sie verstehen, weshalb Frau Richter entlassen wurde?«

Was waren denn das für Menschen, die da vor ihm saßen, sich gegenseitig belasteten, nicht viel voneinander hielten, oder schon, wenn man Mördersein als *viel* bezeichnen konnte.

»Ich verstehe es *nicht*!«

Ein Heben der Augenbraue, Noak war ganz Ohr. Die Tür, Leine: »Der Präsident fragt, warum Sie nicht abheben. Er möchte Sie sprechen.«

»Verdammt, Leine, sagen Sie ihm, dass ich gerade einen Verdächtigen vernehme und schreiben Sie sich endlich hinter Ihre Ohren, dass ich nicht mehr gestört werden möchte, bis ich wieder die Erlaubnis dazu gebe!«

Diese Gelassenheit in ihrem Blick, wahrscheinlich dachte sie an ihren Erziehungsurlaub. Tür zu.

»Entschuldigen Sie, Liebhardt, fahren Sie bitte fort.«

»Wo war ich …?«

Ja, das wusste Noak auch nicht mehr so genau, irgendwo waren sie stehen geblieben, zwischen einem Feuer und dem Präsidenten, zwischen den Emiraten und Leine. Nun war es soweit, er konnte sich nicht mehr konzentrieren, seine Gedanken hatten sich in seine Zehenspitzen zurückgezogen, eine wirklich unglaubliche Leistung, das entsprach in etwa der Wiedergabe eines Arztgespräches während einer Operation von dem vollnarkotisierten Patienten, inklusive Punkt und Komma, völlig losgelöst von der Erde schwebt ein Raumschiff, schwerelos … So weit hatten sie ihn gebracht, Leine, der Präsident, Liebhardt und seine Verstrickungen, ja alle. Kathun war auch noch da – wo um alles in der Welt konnte er noch ein paar Stunden kaufen?

»Ich glaube, wir machen eine Pause«, schlug Noak schließlich niedergeschlagen vor und Liebhardt nickte, stemmte sich aus dem Stuhl auf die Beine und verließ als Hot-Dog zwischen zwei Beamten den Raum.

»Der Nächste bitte«, Noak streckte den Kopf zur Tür heraus, »Nehmen Sie Platz, mein Lieber, wie war die Reise, gut erholt?«

Kathun grinste ihn an, bestens gelaunt, der Jet-lag war ihm nicht anzusehen, sie waren in der Nacht zurückgekommen, Gronwald und Mansour hatten sich bisher noch nicht blicken lassen. Mit elegantem Schwung platzierte sich der Perser auf den viel beanspruchten Stuhl und wartete, bis sich Noak ebenfalls gesetzt hatte, »Wunderbar, Anouk und Trientje sind wirklich amüsante Gesellschafterinnen.«

Anouk. Schon wieder einer, der ihm voraus war, aber bei einem Langstreckenflug hatte man elend viel Zeit, um sich dem Du zu nähern, es einzufangen und anzubieten – was war noch geschehen, welche Chancen hatte Kathun noch genutzt?

»Aber im Ernst, es tut mir leid, dass Richter schlauer war als wir alle zusammen. Es hat zwei Tage in Anspruch genommen, bis mir meine Kontaktpersonen diese Mitteilung machten. Dafür war Anouk von ihrer Weiterbildung wirklich begeistert, sie wird heute Nachmittag noch bei dir vorbeischauen. Trientje ebenfalls.«

»Die Einreise?«

»Sie wollten mich drei Tage in Quarantäne stecken, was deine Kolleginnen zum Glück verhindern konnten – wäre ja blöd gewesen, wenn ich bis zum Rückflug in einer Zelle festgesessen hätte. Dafür habe ich aber aus Houston bereits mit einem Kollegen in Frankfurt telefoniert. Er ist gerade dabei, deine Frau Richter aufzuspüren.«

»Das ist wirklich nicht meine Frau Richter«, stellte Noak pikiert fest, obwohl, eigentlich schade, sie war eine wahre Augenweide, »vielleicht läuft er den Beamten von uns über den Weg. Aber ich finde einen gewissen Ausstausch über die eigenen Grenzen hinaus sehr erstrebenswert, das schärft den Blick, erweitert den Horizont.«

Kathun musterte ihn kurz: »Du bist ein wenig fertig, nicht wahr?«

Noak seufzte und fuhr sich mit einer Hand übers Gesicht, ja, sein Freund kannte ihn, beängstigend, doch auch wieder schön, Vertrautheit und Fremde, Ferne und Nähe, so war eine Freundschaft, ein Paradoxon in sich.

»Ja, assisam.« Mein lieber Freund, so nannte er nur einen, nur einen einzigen Menschen dieser Welt, Shabaz und der wusste was es bedeutete.

»Ich hoffe, das bin ich noch, wenn du erfährst, dass ich heute Abend mit Anouk ausgehe?«

Dieses verschmitzte Lächeln, was hatte er gesagt, mit Anouk ausgehen?, nein, nicht mit Anouk, das konnte nicht wahr sein, die Ruhe bewahren, nicht aufre…, »Wirklich Valer, du musst mir glauben, es war keine Absicht, ich wollte sie dir lassen, aber irgendwie ist da etwas zwischen uns, mehr, verstehst du? Mehr als jemals zuvor.«

Was soll's, dachte Noak, er war sowieso bei ihr nicht wirklich weitergekommen und Shabaz hatte sie sicherlich verdient und jetzt diese Worte, so etwas hatte sein Freund noch niemals zuvor gesagt: mehr. Mehr als nur Sex, mehr als nur eine Nacht, mehr als ein Flirt, aus dem mehr war etwas geworden: etwas Ernstes, etwas Tiefes, etwas Besonderes. Noak fehlten die Worte, wusste nicht was er sagen sollte, konnte wieder einmal seine Gefühle nicht ausdrücken, ein Problem, ein wirkliches Problem, so sagt er nur: »Na dann assisam, einen schönen Abend.«

Und Kathun verstand, das war Freundschaft, lächelte, sagte ebenfalls nicht, wie leicht ihm nun ums Herz war, wie besorgt er über die Antwort Noaks gewesen war, weshalb er ihn auch so schnell als möglich aufgesucht hatte, nein auch er tat sich schwer mit Worten, aber wozu Worte, wenn es auch anders ging? Kathun erhob sich, beugte sich ein wenig vor, klopfte Noak auf die Schulter, drehte sich um, und mit einem schnellen Blick nach hinten: »Grille deine Leber nicht zu lang!«

Jetzt musste Noak lachen, das erleichterte ihn, befreite ihn ein wenig, sprengte die Enge in seinen Lungen, Kathun hatte es wieder einmal verstanden, eine persische Redewendung im richtigen Augenblick wörtlich zu übersetzen, das mutete an wie »with a policman is not good to sherry eat«, aber das wollte er nicht laut sagen, da würde er ja sein eigenes Nest beschmutzen, so lachte er noch vor sich hin, als Leine die Tür öffnete, ihren Kopf herein steckte und sagte: »Habe ich wieder Störerlaubnis?«

Sofort war er wieder hier, in diesem Büro, weit weg von Kirschen und Leber, inmitten dieses Irrenhauses für das er sich vor Jahren freiwillig, freiwillig!! – man muss sich das auf der Zunge zergehen lassen – entschieden hatte, aber was sollte er zu dieser Leine sagen?

»Was gibt's?« Resigniert, resigniert, wieso gegen Windmühlen ankämpfen, oder gegen Leine oder den Präsidenten oder die ganze Welt?

»Pizza?«

»Nein, danke, heute nicht.«

Telefonhörer ans Ohr, Nummer wählen, »Hier

Noak, Frau Alberti, ist Herr Großmann zu sprechen?«

»Er hat schon versucht Sie zu erreichen, wo waren Sie denn?«

Diese Frau strapazierte mit ihrer Neugier wirklich seine Nerven, schließlich ging es sie überhaupt nichts an, wo er war, sie war nicht seine Vorgesetzte, wobei manchmal, ja manchmal drängte sich dieser Eindruck wirklich auf, der Chef vertraute ihr, besprach sich mit ihr und traf, wahrscheinlich dank ihres Zutuns die ungewöhnlichsten Entscheidungen, wie zum Beispiel eine Reise in die USA zu genehmigen.

»Ich habe gerade ein paar Patienten behandelt, geht nichts über ein gutes Betriebsklima und wie geht es Ihnen heute?«

Kurz war es still. »Augenblick, ich verbinde Sie.«

»Großmann.«

»Hier Noak, Sie haben versucht mich anzurufen?«

»Ich habe es nicht versucht, ich habe es schlichtweg getan, aber Sie haben nicht abgehoben. Hat der große Noak keine Zeit für seinen Chef?«

»Der große Noak hat im Moment nicht einmal Zeit pinkeln zu gehen, wenn Sie's genau wissen wollen, also fühlen Sie sich geehrt, dass ich Ihnen den Vorrang vor meiner Blase gebe.«

Manchmal hatte dieser Noak eine Art, dass einem ganz anders wurde, einerseits der große Schweiger, um in der nächsten Sekunde seine scharfe Zunge wie eine Peitsche zu schwingen – ein Phänomen, der Mann, ein Phänomen.

»Sie haben nicht vergessen, dass ich Ihr Vorgesetzter bin?«

»Nein, darum habe ich zurückgerufen.«

Unterhaltsam war er, der Noak, früher hatte man sich mit Lanzen von den Pferden gestoßen und seinen Spaß dabei gehabt, heute machte man das mit Worten, nein nicht von den Pferden, oder vielleicht doch, zählte das hohe Ross zu dieser Tiergattung?, oder mit Atombomben, aber die machten halt keinen Spaß mehr.

»Glauben Sie, Ihr voller Terminkalender würde einen kleinen Abstecher in mein Büro erlauben?«

»Seien Sie mir nicht böse, Herr Großmann, aber im Moment ist's wirklich eng. Reicht's wenn ich morgen antanze? Vielleicht kann ich Ihnen dann schon eine Kür präsentieren, anstatt eines wackeligen Gehopses.«

»Gut. Kommen Sie morgen. Wie geht's voran?«

»Heute steht noch einiges an, vielleicht klärt sich was, sonst mit meinen Beinen, aber die sind aus diesem Zimmer bisher nicht rausgekommen.«

Wortklaubereien – zerstückelte sich der Noak auch selbst damit?, könnte interessante Selbstgespräche nach sich ziehen.

»Dann puzzeln Sie mal schön weiter und stolpern Sie nicht.« Gespräch Ende.

Noak riss die Fenster auf, beugte sich ins Freie, frischer Wind, eine Wohltat für arbeitende Menschen, da kam gerade wieder einer in einem Pizzaauto, Noak wich ein wenig zurück, es war nicht Naumann, verweigerte sie seit Neuestem Leines Aufträge? wegen ihm?, wollte sie ihn nicht mehr sehen? Wieder das schlechte Gewissen, dieses Mal hatte es seine eigenen Gesichtszüge und blickte wirklich ziemlich streng, ein Schauer über seinen Rücken, schnell das Fenster schließen, er schuldete Naumann noch Geld, aber das war ihr Problem, wenn sie nicht mehr kam. Als nächstes kurz auf die Toilette, dabei nachdenken, kurzes Durchatmen, dann wieder Liebhardt. Irgendetwas übersah er, die ganze Zeit, und das zu wissen machte ihn mit jeder Minute rastloser.

Liebhardt.

»Haben Sie in der Zwischenzeit wieder zu der Erinnerung unserer letzten Unterhaltung gefunden?«

»Ja, Sie haben mir davon erzählt, dass Melanie entlassen worden war.«

Genau. So ein Glück, dass sich Liebhardt im Moment kooperativ zeigte und noch immer kein Anwalt, vielleicht war der Mann ja wirklich unschuldig!

»Und ich war überrascht. Bin es noch immer. Gero hätte sich doch für sie eingesetzt!«

Wyssada. Das gleiche Unternehmen, »Wyssada war Richters Chef?«

»Er ist einer der Geschäftsführer, er kann intervenieren. Warum hat er es nicht getan, er wusste, wie viel mir Melanie bedeutet ... bedeutete.«

Noak zur Tür, »Ostenwaller, bestellen Sie Wyssada zu mir!« Dann wieder zu Liebhardt, »Wissen Sie wo sich Frau Richter aufhalten könnte, wenn Sie Deutschland nicht verlassen hat?«

Liebhardt baff, wieder einmal. »Ist sie nicht in Houston?«

»Nein. Sie ist nur bis nach Frankfurt gekommen.«

»Melanie hat einen Bruder, doch der lebt in Indien, so weit ich weiß gibt es keine weiteren Verwandten.«

Das war immer gut, keine Verwandte, das machte die Sache stets um einiges leichter, »Wie würden Sie die Beziehung Ihrer Tochter zu Liebhardt einschätzen?« oder »Wussten Sie von den Plänen Ihrer Schwester nach Houston zu fliegen?« – konnte man sich alles sparen, alles.

»Unterhält Frau Richter engen Kontakt zu ihrem Bruder?«

»Soweit ich weiß, nicht.«

Ermittlungserfolge! Noak kam nicht weiter, aber wie es aussah, hatte Wyssada ihm etwas verschwiegen, vielleicht würde ein Gespräch mit ihm etwas Licht ins Dunkel bringen? Ja, ein wenig Licht wäre schon was Feines.

»Gibt es sonst noch ein Detail, Herr Liebhardt, das Sie uns mitteilen möchten?« das klang schon wieder etwas sarkastisch, aber da konnte Noak auch nichts machen, es war nicht seine Schuld, dass die Arbeit hier zeitweise so frustrierend war, stetes Treten am gleichen Ort, da erzielte sogar Sisyphus bemerkenswertere Erfolge, als sie hier auf der Polizei und wenn doch noch mal einer kam, zu welchem Preis, fragte er sich, zu welchem Preis! Erst jetzt bemerkte er das Zögern des Verdächtigen, Noak konnte richtig sehen, wie er sich innerlich wand und abwog, ob er es sagen sollte oder nicht. »Na, los, raus mit der Sprache!«

Liebhardt zuckte unmerklich zusammen, versuchte

sich zu fassen, räusperte sich, schön langsam bekam Noak Mitleid mit dem Mann, ja, er wurde immer sicherer, dass Liebhardt unschuldig war, was sich natürlich anders gestalten würde, wenn seinem Bericht zufolge, der Brand erst einen Tag später ausgebrochen wäre.

»Es gibt ein Bankschließfach.«

Ein Bankschließfach.

»Wir haben dort unseren kostbarsten Schmuck und einige andere Wertgegenstände aufbewahrt, Dokumente, Mündelsichere Aktien und so Zeug.«

»Ich nehme mal an, dass Sie das Bankschließfach erst seit wenigen Wochen besitzen?«

Liebhardt nickte niedergeschlagen, »Ja, das ist richtig.«

Wunderbar, die Schlinge um Liebhardts Hals zog sich enger und enger und doch war der Kommissar kurz davor, sie zu druchschneiden. Noak war sich noch nicht wirklich im Klaren darüber, was er mit dieser Information anfangen sollte, als Liebhardt hinzufügte: »Nach meiner Flucht war ich dort. Ich wollte einige der Dinge mitnehmen, um mich aus dem Staub zu machen, aber ...«

Aber was? Noak hob interessiert die Augenbrauen, fast hing er an den Lippen des Anderen, Liebhardt sollte Geschichtenerzähler werden, er wusste eine Spannung aufzubauen, »Aber, der Zahlencode muss von jemandem verändert worden sein. Ich konnte das Schließfach nicht öffnen.«

Nein, dachte Noak, nein, nicht noch ein Rätsel, Liebhardt hätte schweigen sollen, es gab schon genug unlogische Verwicklungen in diesem Fall, da passte nicht auch noch ein veränderter Zahlencode dazu.

»Vielleicht haben Sie den falschen Code eingegeben?«

Liebhardt schüttelte den Kopf. »Vollkommen unmöglich! Sie halten mich vielleicht für dumm, aber das bin ich nicht, glauben Sie mir. Ich bin einer der erfolgreichsten Chemiker dieses Landes, ich bin nicht irgendwer, verstehen Sie?«

»Dann werden wir einen gemeinsamen Ausflug zur Bank machen und uns das Schließfach genauer ansehen. Aber das hat noch Zeit bis morgen.«

Liebhardt nickte und erhob sich auf ein Zeichen Noaks, verließ den Raum, Pizzaduft waberte herein, Hunger.

»Leine?«

»Ja Chef?«

Sie machte sich nicht einmal die Mühe aufzustehen und durch die Tür hereinzuschauen, gut, man musste ihr zu Gute halten, dass ihr Bauch mit jedem Tag wuchs und sicherlich auch schwerer wurde.

»Hat Frau Naumann die Pizza geliefert?«

»Nein. Ich glaube, die haben Sie endgültig vergrault.«

Er hasste es Schulden zu haben und dann noch bei einer Pizzabotin, die ihn nicht ausstehen konnte! Heute Abend sollt er einen Abstecher zu ihr machen, dann war die Sache endgültig geklärt und er könnte dies Schlechte-Leine-Gewissen endlich hinter sich zurücklassen. Er wählte sich im dreifachen W ein und notierte sich nach wenigen Minuten Naumanns Adresse auf einem Zettel.

»Liebhardt ist zurück, ich habe die gute Nachricht schon vernommen!«

Noak fuhr ein wenig zusammen, als wäre er bei etwas ertappt worden, aber das war er nicht, er hatte nur eine Adresse notiert, von irgendjemanden, nein, von einem Dorn in seinem Fleisch, da war nichts Verwerfliches dran, das eine solch zuckende Reaktion gerechtfertigt hätte.

»Was gibt es sonst noch Neues?« Gronwald schwang sich fröhlich hinter ihren Schreibtisch.

»Ist Mansour bereits im Institut?«

»Ja, ich denke, sie wird bald bei uns aufkreuzen. Ist ziemlich spät geworden gestern Nacht, oder soll ich besser heute Früh sagen?«

»Wyssada ist in einem Meeting, seine Sekretärin lässt ausrichten, dass er zurückruft, sobald er fertig ist«, brüllte Leine durch die offene Tür, »Ostenwaller wollte nicht stören und musste dringend auf die Toilette.«

Wie's aussah hatte Leine keine Skrupel bei jedem Gespräch dazwischen zu platzen, nein, im Gegenteil, Noak beschlich immer mehr der Verdacht, dass es ihr diebisches Vergnügen bereitete.

»Danke Leine!« rief er zurück, erhob sich und knallte die Tür zu. »Wie war die Reise?«

»Interessant, aber leider nicht so erfolgreich wie erhofft. Dass die Tussi ihren Anschlussflug in Frankfurt nicht genommen hat, nehme ich ihr übel.«

Seine Kollegin war wieder da, ein klein wenig Wärme stieg in ihm auf, noch bevor er etwas sagen konnte, Mansour, nicht mehr kleine Anouk, nur mehr Mansour.

»Sie brauchen nichts zu sagen, Novak hat mir schon alles mitgeteilt. Das muss eine Berg- und Talfahrt während meiner Abwesenheit gewesen sein!«

»Das war es wirklich.«

»Nur kurz, ich habe noch ziemlich viel Arbeit. Mein Verdacht gilt als bestätigt. Die Leiche war gefesselt.«

»Also definitiv Mord.«

»Wie es aussieht. Dann wollte ich noch wissen, warum keiner von Ihnen auf die Idee gekommen ist, die DNA-Komponente zu überprüfen.«

»DNA-Komponente?«

»Jedes Koordinatensystem benötigt mindestens eine fixe Komponente um die restlichen bestimmen zu können.«

Noak warf Gronwald einen schnellen Blick zu, sie schien zu verstehen, nickte wissend, er blickte wieder zu Mansour.

»Ja? Das heißt?«

»Ich brauche eine Analyse, die zu einhundert Prozent Frau Liebhardts DNA entschlüsselt, verstehen Sie?«

Natürlich, das war es wohl gewesen, was ihn in den letzten Tagen so geplagt hatte, das war es gewesen, was er vergessen hatte, nein, nicht vergessen, er hatte ja daran gedacht, nur hatte er nicht genau gewusst was es war, aber Anouk, nein Mansour, sie hatte wieder einmal Nägel mit Köpfen gemacht.

»Einen Spind zum Beispiel.«

»Genau.«

»Ich schicke Ostenwaller sofort los. Wir haben herausgefunden, in welchem Fitnessstudio sie Mitglied war. Vielleicht lässt sich da etwas machen.«

»Gut. Ich bin wieder weg.«

Und so war es auch. Kurz darauf machte sich Ostenwaller ebenfalls auf die Socken, der Kaiser schickt Soldaten aus, nur in welchen Kampf? Gegen wen?

Telefon.

»Ja?«

»Herr Noak?«

»Am Apparat.«

»Hier Gero Wyssada. Sie wollten mich sprechen?«

»Das wollte ich und zwar hier. Wenn Sie so freundlich wären?«

»Natürlich. Bin in einer halben Stunde bei Ihnen, wenn es der Verkehr zulässt.«

Ein Blick auf die Uhr, Stoßzeit, schon wieder ein Tag fast vorbei, die Zeit flog dahin, das Gespräch mit Großmann am nächsten Tag rückte näher, was sollte er sagen?, dass sie unfähig waren, dass sie sich noch immer im Kreis drehten, nur mit jeder Minute schneller, sodass man immer weniger von seiner Umgebung wahrnahm?

»Also, Valer«, sagte Gronwald, »Erzähl!«

Und Noak begann zu berichten, von Wyssada, der plötzlich eine Aussage gemacht hatte und seinen Freund belastete, von Liebhardts löchrigem Alibi, von Noaks Abstecher in Richters Wohnung, von deren Kündigung bei der gleichen Firma, wo auch Wyssada und Liebhardt arbeiteten, von Ostenwallers erfolglosen Exkursionen in diverse Fitnessclubs, von Novak aus dem Labor und der ersten DNA-Analyse, die sämtliche Gedankengebilde hatte einstürzen lassen, die aber wieder errichtet worden waren und das vor nicht allzu langer Zeit, von Leines Heißhunger auf

Pizza und der Botin, die Frau Liebhardt persönlich kannte, von Liebhardts Rückkehr, dann von dessen merkwürdigen Geschichte, von dem Bankschließfach und »was Monsour gesagt hat, hast du ja selbst gehört.«

Gronwald pfiff anerkennend ein zweigestrichenes »C«, soweit Noak das beurteilen konnte, er hatte jedoch kein musikalisches Talent, so hätte es ihn auch nicht gewundert, wenn es ein »Dis« gewesen wäre, auf jeden Fall pfiff sie und meinte dann: »Valer, nicht schlecht. Warst ja fleißig in den letzten Tagen.«

Kaum war sie da, stichelte Gronwald schon wieder in seine Richtung und er fragte sich, woran das lag, dass alle Welt mit ihm in Unfrieden zu leben schien, wo er doch so umgänglich war, meistens zumindest.

»Und deswegen, werde ich dich nach dem Gespräch mit Wyssada auch verlassen.«

Gronwald blickte auf die Uhr. »Kann sein, dass dann auch für mich schon Feierabend ist. Ist schon fünf.«

Bumm, die Tür flog auf, »Herr Wyssada ist hier.«

»Soll reinkommen.«

Diesmal schloss Leine sogar die Tür hinter dem Mann, es geschahen manchmal doch noch Zeichen und Wunder, auch hier, in Noaks unmittelbarer Umgebung, er konnte sich nur nicht recht daran gewöhnen, traute ihnen nicht, was, wenn sie sich plötzlich ins Gegenteil verkehrten? Was, wenn Leine nach dieser Aktion niemals wieder eine Tür schließen würde?

»Herr Wyssada, das ist meine Kollegin Gronwald, Trientje, Herr Wyssada, Liebhardts enger Freund.«

Gronwald nickte ihm zu und musterte ihn interessiert, das also war Wyssada, ein gut aussehender, großer Mann um die fünfundvierzig.

»Bitte, nehmen Sie Platz.«

Ein überraschter Blick zu Noak, woher diese Höflichkeit, was führte er im Schilde? So war er nie, außer er war kurz davor, sich zu vergessen! Vielleicht war das ja auch jetzt der Fall – brodelte das Magma bereits unter der Oberfläche?

»Herr Wyssada, wie ich erfahren habe, sind Sie in der gleichen Firma angestellt wie Liebhardt und vor ihrer Kündigung auch Frau Richter.«

Wyssadas Gesicht ausdruckslos, maskenhaft, die Stimme ruhig: »Das ist richtig.«

»Warum haben Sie mir dann verschwiegen, dass Frau Richter gekündigt worden war?«

»Ich habe nicht daran gedacht.«

»Sie haben nicht daran gedacht? Ist das Ihr Ernst?«

Langsam erhob sich Noak, eine drohende Gebärde, er ging um den Tisch herum, baute sich vor seinem Gegenüber auf.

»Wir unterhielten uns über Frau Richter und Sie haben nicht daran gedacht, dass diese vor wenigen Tagen entlassen worden war?«

»Ich erachtete es nicht für wichtig, klar soweit, ich wusste nicht, dass Sie sich für Frau Richter derart interessieren. Abgesehen davon, habe ich damit nichts zu tun.«

»Wirklich nicht?«

Noaks Stimme sank in den Keller, tiefer und tiefer, gefährlicher und verdächtig ruhig. Wyssada bemerkte es, überlegte eine Weile.

»Sie war nicht meine Sekretärin, das war eine Angelegenheit ihres direkten Vorgesetzten, klar soweit?«

»Der war aber, wie wir herausgefunden haben, sehr zufrieden mit Frau Richter. Er ließ uns wissen, dass die Entscheidung über ihre Kündigung von oben kam und Sie sitzen oben, nicht wahr, Herr Geschäftsführer Wyssada?«

»Es war eine einvernehmliche Trennung, keine Kündigung.«

Noak hob eine Augenbraue, es war stets faszinierend zu beobachten, wie sie sich verhedderten, in ihren eigenen Aussagen, es selbst bemerkten, versuchten, sich dem Netz der Lügen zu entwinden, sich aber immer tiefer darin verstrickten. Welchen Grund hätte Wyssada gehabt, das liebhardtsche Haus anzuzünden und die Frau seiner Verehrung jämmerlich verbrennen zu lassen? Da war er, der Gedanke, zuckte durch sein Gehirn wie eine Eingebung: auch Wyssadas Alibi hatte eine Lücke und zwar genau zur Tatzeit!

»Mit jeder weiteren Lüge, machen Sie sich ein Stück verdächtiger, ist Ihnen das klar Herr Wyssada? Auch Sie haben kein Alibi für die Zeit um Mitternacht.«

Wyssada wurde blass, starrte Noak an, fassungslos, entsetzt.

»Ich hätte Clarissa niemals umgebracht!« stieß er hervor.

»Die Wahrheit, Herr Wyssada. Was hat es mit der Kündigung auf sich?«

»Ich bestehe auf meinen Anwalt.«

»Verdammt Wyssada, Sie reiten sich immer tiefer in die Scheiße, merken Sie das nicht? Beantworten Sie endlich diese Frage! Sie verschwenden nur kostbare Zeit, wenn Sie jetzt auf Ihren Rechten bestehen.«

»Gut«, murmelte er, »also gut. Diese eine Frage werde ich Ihnen beantworten, danach möchte ich meinen Anwalt zu Rate ziehen.«

Noak seufzte erleichtert.

»Den werden Sie dann vielleicht nicht mehr brauchen.«

Kurz war es still, Noak lehnte sich ein wenig entspannter an die Schreibtischkante und erwartete voller Zuversicht, nun der Lösung dieses schwierigen Falles einen Siebenmeilenschritt näher zu kommen.

»Clarissa bat mich darum, mich um ihre Entlassung zu kümmern.«

Clarissa? Noak blickte zu Gronwald, auch sie sah einigermaßen erstaunt aus.

»Weshalb hätte sie das tun sollen?« Wieder Noak.

»Weil Sie von dem Verhältnis ihres Mannes wusste, klar soweit. Ich habe Sie bei unserem ersten Gespräch belogen.«

Aber das half ihnen doch jetzt auch nicht weiter, es war zwar ein interessantes Detail, jedoch vollkommen unwichtig, und da erhob sich Wyssada schon.

»Sollten Sie weitere Fragen an mich haben, setzen Sie sich mit meinem Anwalt in Verbindung.«

Ohne um Erlaubnis zu bitten, griff er nach einem

Kugelschreiber, der auf Noaks Tisch lag, angelte sich einen Zettel und notierte dessen Namen und Telefonnummer darauf.

»Schönen Abend noch.«

Dann hatte er den Raum verlassen und die Kommissare blickten sich an, ein wenig ratlos, sie waren wieder nicht weitergekommen.

»Hat er ein Motiv?« fragte Gronwald nach längerem Schweigen.

»Das lässt sich noch finden. Ich möchte, dass du dich dahinter klemmst und alles über den Mann herausfindet, was möglich ist. Ostenwaller kann dir auch die Adresse seiner letzten Freundin geben. Vielleich solltest du dich mit ihm unterhalten, wenn er aus Markkleeberg zurückgekehrt ist.«

Gronwald nickte und lehnte sich in ihrem Stuhl zurück, Noak griff nach seiner Jacke, genug für heute, nur noch den Pflichttermin bei Naumann und dann Fernsehen bis um Mitternacht.

»Ostenwaller soll mich am Handy anrufen, wenn er zurück ist.«

»So soll es geschehen«, grinste Gronwald, »Hab' fast vergessen, wie es ist, mit dir zu arbeiten!«

Was sollte das jetzt wieder heißen, fragte sich Noak, ließ es aber dabei bleiben, denn er wollte nur raus hier.

Die Luft war noch warm, als er vor dem neu sanierten Wohnblock in der Meusdorfer Straße aus dem Auto stieg und sich streckte. Dann griff er nach der Pralinenschachtel am Beifahrersitz, schloss ab und setzte sich nach kurzem Zögern in Bewegung.

Er konnte noch umdrehen, überlegte er, aber dann müsste er weiterhin mit diesem schlechten Gewissen und den Schulden leben, abgesehen davon war er nun schon einmal hier, wenn er jetzt umkehrte, müsste er auch noch das Gefühl, ein Feigling zu sein, ertragen. Er suchte nach ihrem Türschild, drückte schließlich auf die Klingel, vielleicht war sie ja gar nicht da, was ihn eigentlich auch nicht stören würde, dachte er, doch es knackte, »Ja?«

»Frau Naumann?«

»Ja?«

»Hier Noak, der freundliche Kommissar von der Polizei.«

Kurz war es bis auf das Rauschen der Gegensprechanlage still.

»Was wollen Sie?«

»Darf ich raufkommen?«

Knack, knack, auch in ihren Gedanken, war er sich sicher, dann der Summer, er drückte gegen die Tür. Der Lift war außer Betrieb, abgesehen davon hätte er nicht gewusst, in welchen Stock er fahren sollte und in jeder Etage anzuhalten, fand er auch ein wenig blöd, nein, er würde auf die Pedes zurückgreifen, die guten alten Beine. Im dritten Stock begann er ein wenig schwerer zu atmen, er sollte wirklich wieder joggen gehen, dachte er, aber wann?, das war ja ein Zustand mit seiner Kondition, da sollte er unbedingt etwas in Angriff nehmen. Im vierten Stock stand eine Tür ein wenig offen und er ging darauf zu.

»Frau Naumann?«

Er klopfte an den Rahmen, doch nichts rührte sich, blickte auf das Türschild, ja hier war er richtig, so trat er ein und schloss die Tür hinter sich. Noak hörte das Rauschen von Wasser, dann Schritte, eine Tür neben ihm wurde geöffnet und er stand ihr gegenüber, sie sah elend aus, richtig fertig, was war los?

»Tut mir leid«, sagte sie matt, »ich habe die Galle nicht länger zurückhalten können.«

Ein etwas feinerer Umgangston und aus einem ungeschliffenen Stein, würde vielleicht sogar noch ein Schmuckstück werden, aber davon war Naumann im Moment weit entfernt.

»Nun ist mir auch der Grund klar, weshalb Sie in letzter Zeit nicht mehr bei uns aufgekreuzt sind.«

Sie zwängte sich an ihm vorbei und winkte Noak, ihr zu folgen.

»Sie haben sich Sorgen gemacht?« fragte sie spöttisch und deutete auf ein Sofa, »Wollen Sie was trinken?«

»Um ehrlich zu sein, habe ich angenommen, Sie meiden uns absichtlich«, und auf die zweite Frage, »Nein, danke.«

Sie lachte ihn spöttisch an, nun ja, stellte er fest, zu schlecht schien es ihr nicht zu gehen.

»Sie bilden sich zu viel ein, Herr Kommissar. Es gibt viel unangenehmere Kunden als Sie, abgesehen davon, haben Sie ja eine nette Mitarbeiterin. Was führt Sie also zu mir?«

Sein Handy.

»'Tschuldigung«, als er danach griff, sie verdrehte die Augen und setzte sich ihm gegenüber, langte in ein Glas und knabberte an ein paar Salzstangen, »Noak.«

»Hallo Chef«, Ostenwaller, »Trientje hat mir gesagt, dass ich Sie anrufen soll, was gibt's?«

Tief durchatmen, Noak, nicht ärgern, es ist nur Ostenwaller.

»Von meiner Seite nichts. Haben *Sie* etwas herausgefunden?«

»Wo? Im Poseidon?«

»Natürlich, oder haben Sie den Nachmittag woanders verbracht?«

»Nein, war dort. Die renovieren.«

»Das ist nicht neu.«

»Frau Liebhardt ist seit einem Monat kein Mitglied mehr, abgesehen davon ist es nicht Usus seinen eigenen Spind zu haben. Jeder hat eine Sporttasche, die bringen die Sportler mit, wenn sie kommen, und tragen sie dann auch wieder nach Hause, nach dem Duschen natürlich. Jeden Abend werden die Spinde geputzt. Diese Quelle können wir also vergessen.«

Diese Quelle, mein Gott Ostenwaller, oh, und ist es wirklich so, Ostenwaller hat einen Schluss gezogen? Wirklich? Heute am Abend? Ach so, klar, er näherte sich wieder dem Zeitpunkt an dem er auf mehrere Gehirnaktivitäten gleichzeitig zugreifen konnte, der Höhepunkt seines Denkens – jetzt und Noak war dabei!

»Okay, Ostenwaller, machen Sie Feierabend.«

Noak steckte das Handy wieder in seine Tasche, warf Naumann einen schnellen Blick zu.

»Sie sollten mit den Salzstangen noch ein wenig warten, meinen Sie nicht?«

Genüsslich biss sie dem nächsten die Spitze ab.

»Kann mir nicht vorstellen, dass Sie sich ernsthaft um mich sorgen. Also, was führt Sie …«

Dann stürzte sie aus dem Raum, er konnte die Würgegeräusche von nebenan hören und fühlte Übelkeit in sich aufsteigen, dabei erinnerte er sich der Pralinen in seiner Hand, wohl kaum das richtige Mitbringsel im Augenblick, Wasserrauschen, Gurgeln, kurze Zeit später kam sie zurück.

»Genau genommen bin ich hier, weil ich mich …«

Noak begann mit den Fingerkuppen auf der Pralinenschachtel herum zu trommeln, wie sollte er es sagen, er hasste es, sich zu entschuldigen, es machte auch gar keinen Sinn, warum war er überhaupt hier? Er streckte die Hand mit dem Karton aus, »Für Sie. Ich weiß, dass sie nicht gerade das Passende sind im Augenblick, da es Ihnen, beziehungsweise Ihrem Magen so schlecht geht. Aber Sie können sie ja aufbewahren.«

»Sie wollen sich entschuldigen?«

Naumann grinste breit, Noak hasste Niederlagen und das hier war eine – er demütigte sich vor dieser Frau, dieser Pizzabotin indem er eine Entschuldigung vorbrachte – was ihm noch niemals leicht gefallen war – und was tat die? Sie grinste so siegessicher, dass er auch am liebsten gekotzt hätte.

»Nun ja. Mein Verhalten war nicht sehr freundlich.«

»Erstaunlich, dass Sie das erkannt haben.«

Sie verdiente seine Reue nicht, sie verdiente das schlechte Gewissen nicht, das er sich in den letzten

Tagen ihretwegen gemacht hatte, nein, gar nichts, sie verdiente auch diese Pralinen nicht.

»Ist aber trotzdem nett, dass sie extra gekommen sind. Interessiert mich auch nicht, wie Sie meine Adresse herausgefunden haben. Sie sind ja von der Polizei, die hat ihre Wege.«

»Ganz legal, Frau Naumann, im Internet. Ich habe auf keine Informanten zurückgreifen müssen.«

Nun lächelte sie, der Noak hatte einen Witz gemacht, er konnte das also auch, vielleicht war er auch nur schlecht drauf gewesen in den letzten Tagen.

»Aha«, sagte sie, »aber wie haben Sie das mit Herrn Junge in Erfahrung gebracht?«

»Ich hatte keine Ahnung, dass er Junge heißt. Hab Sie am Samstag zufällig am See gesehen.«

Sie musterte ihn nachdenklich, »Wissen Sie, da ist nichts, ich meine, ich bin …«

Noak erhob sich. »Ihr Privatleben geht mich nichts an, Frau Naumann, keine Sorge. Machen Sie in Ihrer Freizeit, was Sie möchten, Sie schulden mir keine Rechenschaft in irgendeiner Form.«

Auch sie stand auf.

»Haben Sie jemanden, der für Sie einkaufen geht?«

Warum hatte er das jetzt gefragt? Es ging ihn nichts an, es war ihre Angelegenheit, er hatte genug zu tun. Sie senkte den Blick, öffnete die Tür, »Ja.«

Ihm würde sie es nicht verraten, dass es niemanden gab, der für sie sorgte oder gar Einkäufe erledigte, er sollte nur gehen, dieser Noak bevor er noch auf die Idee kam, sich über ihre Situation oder ihr bescheidenes Leben lustig zu machen.

Wieder das Handy.

»Noak.«

Diesmal Kathun.

»Valer, meine Kontaktmänner haben Frau Richter gefunden, lassen sie nicht mehr aus den Augen, bis wir wissen, was wir machen sollen. Sie hat eine Wohnung in Frankfurt.«

»Haltet die Stellung, Shabaz, gute Arbeit, Himmel, endlich! Ich werde Ostenwaller anrufen und dann gleich den nächsten Flug nach Frankfurt nehmen. Wo ist Mansour – nicht bei dir?«

»Doch, hier neben mir.«

»Dann schönen Abend noch!« Zu Naumann: »Gute Besserung!« Stürzte aus dem Haus, rannte die Stufen runter, wählte dabei Ostenwallers Nummer, »Wir treffen uns in zwei Stunden am Flughafen Halle-Leipzig, verstanden? Wir wissen, wo Frau Richter steckt.« Schnell nach Hause, Tasche packen, mit Gronwald telefonieren.

»Ostenwaller und ich fliegen nach Frankfurt, wir wissen wo Frau Richter ist, Kathuns Kollege hat sie gefunden. Halt die Stellung im Büro und vergiss nicht mit Liebhardt zum Bankschließfach zu gehen. Sag Großmann, dass ich mich melde, wenn ich zurück bin, ach und sprich mit Mansour. Findet eine Lösung für das Spindproblem.«

»Fertig?« Gronwald in Höchstform, wahrscheinlich lächelte sie süffisant.

»Du kannst mich auf dem Handy anrufen.«

Hatte aufgelegt, noch bevor die Kollegin etwas sagen konnte, sprang aus dem Haus, hechtete in den Wagen und düste in Richtung Flughafen davon.

»Kriminalpolizei, öffnen Sie die Tür.«

Der Summer, Ostenwaller stieß die Tür auf und hielt sie seinem Chef, dann folgte er ihm. Es war früh am nächsten Morgen und die Männer nahmen die Frische von draußen mit hinein in die abgestandene Luft des Vorhauses, hing auch noch in ihren Kleidern, als sie Richters Wohnungstür erreichten. Sie hatte einen Morgenmantel angezogen, hinter ihr stapelten sich Kisten, woher?, überlegte Noak, ihre Wohnung war doch noch voll, oder hatte sie diese in der Zwischenzeit räumen lassen?

»Hauptkommissar Noak und Kommissar Ostenwaller«, stellte er sich vor – sie erkannte er, sie war noch hübscher als auf dem Foto, auch die überaus weiblichen Rundungen zeichneten sich unter dem weiten Seidenmorgenmantel ab, »Frau Richter?«

»Ja?«

»Dürfen wir Ihnen ein paar Fragen stellen?«

Sie trat zurück und die Polizisten folgten ihr in, wahrscheinlich das Wohnzimmer, so genau konnte Noak das nicht erkennen, es herrschte ein ziemliches Chaos.

»Darf ich mich vorher noch umziehen?«

»Natürlich.«

Ein unverbindliches Lächeln. Als sie den Raum verlassen hatte, bedeutete Noak Ostenwaller, sich vor der Tür zu postieren bis sie fertig war – diesmal würde sie ihnen nicht entkommen, dieses Mal nicht. Doch sie kehrte wenige Minuten später zurück, ohne den Versuch zu machen wegzulaufen, ein Lächeln auf den Lippen.

»Verzeihen Sie das Chaos, ich bin gerade erst eingezogen. Was kann ich für Sie tun?«

»Einiges Frau Richter, zum Beispiel würde uns Ihre Beziehung zu Herrn Liebhardt interessieren.«

Sie blickte überrascht. »Ist er in Schwierigkeiten?«

»Das kann man so sagen. Sein Haus ist abgebrannt und wir ermitteln in diesem Fall wegen Brandstiftung.«

»Sein Haus ist was?«

»Tun Sie nicht so, als wüssten Sie es nicht.«

»Aber woher denn, Herr Noak? Glauben Sie, dass man hier in Frankfurt in einer Zeitung von einem Brand in Markkleeberg berichtet? Ist alles niedergebrannt?«

»Alles.«

»Wie schade um die schönen Gemälde.«

»Waren Sie oft bei Liebhardts?«

»Natürlich. Clarissa Liebhardt ist meine beste Freundin.«

»Haben Sie mit ihr seit Ihrer Abreise hierher telefoniert?«

»Nein. Sie denkt ich bin in Houston.«

»Das haben wir eine Zeit lang auch gedacht. Warum sind Sie das nicht?«

»Ich kann mir nicht vorstellen, dass Sie das etwas angeht.«

»Das tut es, da Sie auch zu den Verdächtigen, die möglicherweise den Brand gelegt haben, zählen.«

Kurz war es still, sie schloss die Augen, lehnte sich zurück. »Aber ich habe doch bis jetzt nichts von der Sache gewusst!«

»Das behaupten Sie, verzeihen Sie, Frau Richter,

aber wir können uns nicht allein auf die Aussagen verlassen, die uns gegenüber gemacht werden.«

»Also gut«, sagte sie, blickte ihn wieder an, wunderschöne Augen, ein wenig hart vielleicht, aber das machte nichts, lange Wimpern, »Ich war auf dem Weg nach Frankfurt um den Anschlussflug nach Houston zu nehmen, neben mir im Flugzeug saß ein Mann, der für seine Bekleidungskette eine Filialleiterin suchte. Wir kamen ins Gespräch und er engagierte mich vom Fleck weg. Eigentlich wollte ich in Houston über die Trennung von Herrn Liebhardt hinwegkommen, doch warum sollte ich das nicht genauso gut bei der Arbeit in einer neuen Stadt können?«

Einer Eingebung folgend – warum sollte es keine Auswirkungen auf ihn haben, wenn Noak die ganze Zeit mit Frauen zusammenarbeitete: »Warum haben Sie dann nicht einmal Ihre beste Freundin über Ihren Sinneswandel unterrichtet?«

Wenige Sekunden lang starrte ihn sein Gegenüber an, als wöge sie ab, als überlegte sie, doch was? Worüber dachte sie nach?

»Ich wollte den Kontakt auch zu ihr ganz abbrechen … geht es ihr gut?«

»Woher stammen diese Kisten?«

»Aus meiner Wohnung. Meine Nachbarin besaß einen Zweitschlüssel, sie öffnete der Umzugsfirma dir Tür.«

Frau Konrad und das liebe Blumengießen, sie öffnete nicht nur der Umzugsfirma die Tür, aber das wusste Frau Richter wahrscheinlich nicht.

»Wo waren Sie am Montag der letzten Woche zwischen null und ein Uhr?«

»Was, … meine Güte, das ist schon eine Weile her, … lassen Sie mich nachdenk…«

»Die Nacht vor Ihrer Abreise nach Houston.«

»In meinem Bett natürlich. Ich habe geschlafen.«

»Haben Sie in dieser Nacht Liebhardt zu Gesicht bekommen?«

»Sie oder ihn?«

»Ihn.«

»Nein.«

»Frau Liebhardt?«

»Auch nicht. So weit ich mich erinnern kann, sollte sie am nächsten Tag verreisen.«

»Was war das für eine Sache mit Ihrem Job?«

»Was soll das für eine Sache gewesen sein? Jeden Tag verlieren Menschen ihre Arbeit, es ist also auch bei mir kein Einzelfall.«

»Darf ich Sie bitten uns nach Leipzig zu begleiten und dort zu bleiben, bis wir den Fall aufgeklärt haben?«

»Das würde ich gerne, aber wie ich Ihnen bereits mitteilte, habe ich eine neue Stelle begonnen. Da kann ich am Anfang nicht so einfach fehlen.«

»Dann muss ich eben einen Haftbefehl gegen Sie beantragen.«

Sie stöhnte auf.

»Ich komme mit«, gab sie sich geschlagen, »lassen Sie mich nur kurz telefonieren. Herrn und Frau Liebhardt muss ich hoffentlich nicht gegenübertreten?«

»Nein. Vorerst nicht.«

Wieder sah sie ihn an, als wüsste sie nicht, was

sie von der ganzen Sache halten sollte und bestärkte Noak in der Vermutung, dass da mehr war, als es augenscheinlich der Fall zu sein schien.

Vier Stunden später saßen sie schon in einem Flugzeug zurück nach Leipzig – ja Fliegen hatte schon etwas, da steigt man an einem Ort ein und an einem völlig anderen wieder aus – gut, war bei der Straßenbahn nicht anders oder beim Zug, aber trotzdem, eine vollkommen andere Welt konnte einen nach relativ kurzer Zeit erwarten und das passierte bei den anderen Arten zu reisen nicht so leicht, denn da war man in der Lage zu beobachten wie sich die Welt veränderte und konnte in die Fremde hineinwachsen, aber das ging beim Fliegen nicht, da wartete der Kulturschock, wenn man aus dem Flughafen ins Freie trat. Ja, das war schon eine geniale Erfindung, das Fliegen, da musste man ehrliche Anerkennung kundtun.

Mit den Worten »Bitte halten Sie sich jederzeit zu unserer Verfügung«, hatten Ostenwaller und Noak Frau Richter vor einem Hotel abgesetzt, das Kathun zur Sicherheit in den Augen behalten würde, bis das Rätsel gelöst war.

Gronwald in seinem Büro, tippend, wohlgemerkt, sie schrieb doch nicht etwa ein Protokoll, blickte auf. »Da geht sich ja ein Gespräch beim Chef noch aus.«

Noak fluchte leise, »Sind das alle Erfolge, die du bis jetzt vorzuweisen hast, Trientje?«

Manchmal wünschte er sich wirklich weit weg zu sein, irgendwo bei Schneewittchen und den sieben Zwergen, da würde es ihm gut gehen, da würde man ihn pflegen und mit dem nötigen Respekt behandeln, nicht so wie hier, wo sie an ihm herumzerrten als wäre er der Jockel vom Dienst oder noch schlimmer; und Schneewittchen würde ihm die Hand an die Wange legen, Pizza anbieten und dann würden sie noch ganz andere Dinge machen, aber das führte jetzt zu weit, Noak fragte sich, wieso Schneewittchen ausgerechnet Pizza aus dem Ofen holte und keinen Apfelkuchen und warum er sich gerade darüber Gedanken machte, wo doch Gronwald auf ihn einredete, wie in einem Stummfilm, blubblub, oder wie Fische unter Wasser, sah lustig aus und er grinste.

»… zu keinem Ergebnis gekommen.«

»Wiederhole das.«

»Bitte? Was?«

»Alles.«

»Soll ich auch langsamer sprechen und meine Ausführungen mit einer *Power-Point Präsentation* unterlegen, für allgemeines leichteres Verstehen?«

Gronwald war wieder da, haarig wie eh und je, ob sie auch welche auf den Zähnen hatte, ihr armer Mann, das musste beim Küssen ziemlich unangenehm sein, aber der war soundso arm mit ihr. Doch kein Mitleid für den anderen von seiner Seite, er hatte sie ja geheiratet, hätte vielleicht besser darüber nachdenken sollen.

»Es genügt, wenn du wiederholst, was du gesagt hast, seit ich diesen Raum betreten habe, aber vielleicht kannst du dich auch nicht mehr daran erinnern.«

»Also, ich habe gesagt: da geht sich ein Gespräch beim Chef noch aus.«

Seufzen. Musste sie einen immer so wörtlich nehmen, mit diesem genüsslichen Grinsen auf den Lippen, siegessicher, wusste genau, dass sie im Recht war, dass sie nur tat, worum Noak sie gebeten hatte.

»Dann habe ich erzählt, dass ich mit Anouk wegen der DNA-Sache zu keinem Schluss gekommen bin. Wahrscheinlich kommen wir nicht umhin, Frau Liebhardts Büro zu durchsuchen. Wir wollten nur dein Einverständnis, dann schicke ich wen von der Spurensicherung hin.«

»Mach nur.«

»Danach waren wir mit Liebhardt beim Bankschließfach. Anfangs machte uns der Bankdirektor ein wenig Probleme, aber mit Liebhardts Hilfe konnten wir ihn dann dazu bewegen, es zu öffnen. Wir durften dabei nicht zusehen, das ist ein Bankgeheimnis, wie sie das machen, auf alle Fälle war es leer. Vollkommen leer. Kein Schmuck, keine Dokumente, nichts.«

»Und Liebhardt?«

»Hat geschaut wie eine Schwalbe wenn's blitzt.«

Es wäre auch zu einfach gewesen, wenn diesmal etwas wie geplant verlaufen wäre, aber nein, dieses Glück hatten sie hier nicht, aber zumindest hielt sich Frau Richter in ihrer Nähe auf.

»Ich möchte mit Liebhardt sprechen, bis er da ist, werde ich bei Großmann vorbeischauen.«

Besser er brachte es jetzt hinter sich, als noch eine Nacht schlecht zu schlafen, aber das tat er eigentlich nicht, zumindest nicht wegen dem Präsidenten und einer Ahnung, sich mit diesem in einem Gespräch wiederzufinden.

»Gratuliere, Sie haben's geschafft, aber manchmal sind die kürzeren Wege die schwierigeren. Gronwald hat mir berichtet, dass Sie nach Frankfurt geflogen sind.«

»Wir haben Frau Richter gefunden und überreden können, mit uns hierher zu kommen.«

»Auch kleine Schritte führen zum Ziel.«

»Wenn Sie die Klärung eines Falles als Ziel definieren wollen, gebe ich Ihnen Recht.«

»Als was würden Sie es sonst sehen?«

Als notwendige Tatsache, als den Drang, die Wahrheit ans Licht zu bringen, als einen Job, eine Arbeit, den Tod tausender seiner eigenen Nerven, als alles andere als das Ziel, vielleicht als das Erreichen eines Abschnittes, einen Etappensieg vielleicht, eines viel größeren Musters, eines viel größeren, was auch immer, nur nicht als Ziel, denn da waren sie noch lange nicht, und was das genau war, maßte sich Noak nicht an zu interpretieren.

»Egal. Ich werde in wenigen Minuten eine weitere Unterredung mit Herrn Liebhardt führen und muss mich deshalb kurz fassen. Hier also die Fakten«, und dann hielt ihn nichts mehr, bis er seinem Chef alles dargelegt hatte und er bereits auf dem Weg zur Tür war und ohne ein Antwort abzuwarten in einem Guss, »Guten Abend«, sagte und zurückkehrte in sein Büro, wo Liebhardt bereits wartete.

»Wir haben Frau Richter gefunden.«

»Ich möchte sie sehen.«

»Sie Sie aber nicht.«

Schweigen.

»Das Bankschließfach – wusste Wyssada davon?«

»Ich habe ihm nichts davon erzählt. Aber wie gesagt, auch Clarissa traf sich immer wieder mit ihm.«

»Wäre es möglich, und Wyssada erfuhr von Ihrem Plan, das Haus anzuzünden, von dem Schließfach und so weiter und er sah darin eine Möglichkeit ohne Probleme schnell reich zu werden? Um eine Zeugin auszuschalten fesselte er Ihre Frau an ihr Bett und überließ sie ebenfalls den Flammen. Was halten Sie davon?«

»Was meinen Sie mit »ans Bett fesseln«?«

»Antworten Sie, Liebhardt, ich bin der, der Fragen stellt.«

»Warum nicht? Aber Wyssada verdient genug Geld, wieso sollte er uns schaden wollen?«

»Vielleicht hat auch er Schulden gemacht?«

Liebhardt zuckte mit den Achseln. »Ist mir nicht bekannt.«

Gronwald kritzelte ein paar Blümchen auf einen Block, blickte aber jäh auf, als Noak sagte: »Danke, Herr Liebhardt, Sie können nach Hause gehen, ich meine, von hier weggehen. Teilen Sie uns nur mit, wo Sie sich aufhalten, damit wir Sie bei weiteren Fragen zu Rate ziehen können. Danke für Ihre Geduld und entschuldigen Sie die Unannehmlichkeiten.«

Liebhardt starrte Noak mit großen Augen an, Tränen schimmerten darin, Noak sah schnell woandershin.

»Heißt das, Sie verdächtigen mich nicht mehr?«

Noak zuckte mit den Schultern. »Zumindest zählen Sie nicht mehr zu den Hauptverdächtigen. Ach und bitte, nehmen Sie keinen Kontakt zu Frau Richter auf.«

»Natürlich.«

Ein wenig benommen und zittrig erhob sich Liebhardt, nickte grüßend mit dem Kopf in Gronwalds Richtung, ging an den Beamten vorbei und zurück in die Freiheit, in die Welt, in das Leben, das er sich erst langsam wieder neu aufbauen musste, jetzt da ihm jede Grundlage genommen worden war.

»Entschuldige Valer, aber bist du ganz von Sinnen?« Gronwald schmeichelhaft.

»Ich sehe keinen Grund, ihn länger hier festzuhalten. Ich glaube nicht, dass er es war.«

»Wyssada?«

»Warum nicht. Wir brauchen nur noch ein plausibles Motiv. Was hast du bisher über ihn herausgefunden?«

»Nichts Verdächtiges. Er hat eine vollkommen weiße Weste, nicht ein klitzekleiner dunkler Fleck, bis auf die ungerechtfertigte Kündigung von Frau Richter.«

»Dann haben wir morgen ja noch einiges vor uns.«

Gronwald nickte. »Feierabend?«

»Feierabend.«

»Leine rufen Sie Wyssada an und fragen Sie ihn, ob er einen Gegenstand von Frau Liebhardt besitzt, der für eine DNA-Analyse geeignet ist. Wenn ja, soll er ihn so schnell als möglich hierherbringen.«

Tag acht, dies war er nun also, Mittwoch und sie hatten das Rätsel noch immer nicht gelöst. Telefon.

»Hier Großmann. Wollte nur sagen, dass ich mit Ihren Erfolgen zufrieden bin, nur weiter so. Gestern haben Sie mir die Gelegenheit dafür nicht gelassen.«

»Danke, Herr Präsident«, sagte Noak sarkastisch, »es freut einen immer, wenn geschätzt wird, was man tut.«

»Dann hängen Sie sich rein, damit wir den Fall bald zu den Akten legen können.«

»Ich hänge schon tief drinnen, keine Sorge«, erwiderte Noak und legte auf.

»Hier stinkt's«, stellte Gronwald fest als sie durch die Tür hereinkam, steuerte geradewegs das Fenster an, riss es auf. Noak blinzelte sie irritiert an, sie lächelte, beugte sich zu ihm, schnupperte, »Nicht du, keine Sorge.«

Am liebsten hätte er sie jetzt gepackt und übers Knie gelegt, aber leider waren die Zeiten vorbei, wo man so etwas ohne Konsequenzen hätte tun können, dank Emanzipation, ja danke, danke, dass ihr uns Männern alle Rechte genommen habt, oder wo sich jeder vor der Anschuldigung sexueller Belästigung zu fürchten hatte, ja nicht einmal ein schönes, volles Dekollete durfte man gebührend bewundern, aber so war die Welt heute, ein Zustand, kein geordnetes System wo jedes Knöpfchen sein Plätzchen hatte.

Eine halbe Stunde später stand Wyssada in Noaks Büro, einen Brief in Händen, »Der ist von Frau Liebhardt, vielleicht finden Sie da ein Hautpartikelchen.«

»Das ist lieb, Herr Wyssada, dass Sie so schnell vorbeigekommen sind«, Gronwald mit freundlichem Lächeln, ja, mach weiter so, vielleicht kommst du ja weiter bei ihm, als ich. Noak ging zur Tür, rief nach Leine, übergab ihr den Brief, damit sie ihn zu Mansour brachte und dann ging alles sehr schnell oder besser gleichzeitig: Noak wollte gerade wieder die Tür schließen, Leine sich auf den Weg machen, Wyssada sich verabschieden und stand hinter Noak, der sich gerade abwandte, als die Tür zum Gang aufging, Wyssada erstarrte als er auf die Frau blickte, die eintrat und nur: »Du lieber Gott« murmelte. Noak blickte zu Frau Richter, wunderte sich ein wenig über Wyssadas Reaktion, da sagte die Neuhinzugekommene: »Haben Sie ruhig ein schlechtes Gewissen, Herr Wyssada, eine Richter kündigt man nicht so ohne Gewissensbisse«, dann zu Noak, »Was macht mein Ex-Chef hier?«

Doch Noak war beschäftigt, seine Gedanken überschlugen sich, das alles war ziemlich sonderbar, als würde Wyssada Frau Richter näher kennen – steckten die beiden vielleicht unter einer Decke? Ein ganz neuer Gedanke, aber wieso? Rache?

»Trientje, kümmere dich bitte um Frau Richter.«

Und wie durch ein Wunder lichtete sich das Chaos wieder, Leine verschwand im Gang, Gronwald verließ Noaks Büro, Wyssada setzte sich auf ein Zeichen Noaks in diesem hin, nur Ostenwaller starrte ein wenig verwirrt vor sich auf den Boden, Noak schloss die Tür hinter sich, kurz überlegen, wie konnte er den Mann aus der Reserve locken, er blickte noch immer, als hätte er einen Geist gesehen, war bleich und weiß bis auf die Knochen.

»Kennen Sie Frau Richter näher?«

»Nein.«

»Weshalb dann Ihre unerklärliche Reaktion?«

»Ich war überrascht, sie hier zu sehen. Das ist alles.«

Das war nicht alles und Noak wusste das, was steckte dahinter? Was steckte hinter dieser Reaktion? Und den Worten Frau Richters? Erpresste sie Wyssada? Deshalb diese hohe Abfertigungssumme? Aber womit?

»Hatten Sie jemals außerhalb Ihres geschäftlichen Umfelds Berührungspunkte mit Frau Richter?«

»Ich spreche nur mehr im Beisein meines Anwalts.«

Und diesmal wusste Noak, dass er aus seinem Gegenüber nichts mehr herausbekommen würde, deshalb entließ er ihn, zog die Tür hinter sich zu, setzte sich an seinen Schreibtisch, legte den Kopf auf seine Handflächen und dachte nichts.

»Pizza?« Leine war schneller als das Geräusch einer sich öffnenden Tür, in dem Moment erinnerte sich Noak, dass er am vorigen Tag ganz vergessen hatte, seine Schulden zu bezahlen. Aber wahrscheinlich war Naumann noch immer krank.

»Steht Ihnen das Zeug nicht langsam bis oben?«

»Nein.« Leine schüttelte fröhlich den Kopf.

»Dann nehme ich auch eine«, knurrte Noak, immerhin hatte er ja gestern keine gegessen.

Leine wieder weg.

»Richter hat sich nur ausgeheult«, erzählte Gronwald einige Zeit später, »sie sitzt bei Leine. Willst du sie noch befragen? Sie drängt darauf, nach Frankfurt zurückkehren zu dürfen.«

»Pizzaservice!«

Er kannte diese Stimme, riss die Tür auf, gerade noch rechtzeitig, um zu sehen, wie sie die Tasche abstellte, sie sah wieder gesund aus.

»Geht es Ihnen wieder besser?«

»Im Großen und Ganzen«, erwiderte Naumann und Noak sah, dass Leine ihn verblüfft anstarrte, das war nicht ihr Chef, das war nicht Noak, wie sie ihn kannte, eine Metamorphose, er hatte eine Metamorphose durchgemacht, ob die wohl anhielt?

»Heute zahle ich«, sagte Noak, »außerdem habe ich bei Ihnen noch Schulden.«

»Das ist aber sehr nett«, meldete sich Ostenwaller und alle drehten sich in seine Richtung.

In diesem Moment fiel Naumanns Blick auf Frau Richter und Noak sah, dass sie die Frau erkannte, doch sie schwieg, da Frau Richter angelegentlich in eine andere Richtung blickte. Naumann wandte sich wieder Noak zu.

»Dann bekomme ich heute von Ihnen sechsunddreißig Euro.«

»Wie bitte?«

»Vier Pizzen und die Schulden.«

»Kommen Sie mal mit in mein Büro, dort finde ich sicherlich etwas, das wie Geld aussieht.«

Naumann verzog das Gesicht. »Oje, wenn er so anfängt, stehen die Chancen schlecht.«

Aber sie folgte ihm und war überrascht, als Noak die Tür schloss. Ihr Blick streifte Gronwald, die ihr Erstaunen ebenfalls nicht verbergen konnte, einen fragenden Ausdruck in den Zügen, beobachtete sie ihren Chef.

»Was wissen Sie über Frau Richter?«

»Aha, ein Verhör, ich hätte es mir denken können«, sie drehte sich erklärend zu Gronwald, »Er lockt mich immer mit dem Vorwand mich zu bezahlen hier herein, müssen Sie wissen.«

»Schau an.« Gronwald wusste noch immer nicht, was sie mit dieser Frau anfangen sollte und noch weniger, was Noak mit ihr hier wollte.

»Bitte Frau Naumann. Es ist ziemlich wichtig!«

»Das ist es immer«, stellte sie trocken fest, dann, »aber ich kenne keine Frau Richter.«

Noak seufzte.

»Frau Naumann, das ist kein Spiel, auch ein Blinder hätte gesehen, dass Sie die Frau kennen.«

»Haben Sie mich wieder irgendwo beobachtet oder wollen Sie mich verarschen?«

»Ich habe Sie damals nicht beobachtet und seit der Episode in Ihrer Wohnung nicht mehr gesehen.«

Gronwald fiel die Kinnlade nach unten, Noak war in ihrer Wohnung gewesen? Aber warum? Sie hatte also doch mehr versäumt, als sie gedacht hatte!

»Aber ich weiß nicht, wie Sie dann auf eine Frau Richter kommen.«

»Wollen Sie mir erklären, dass Sie die Frau, die im Nebenzimmer sitzt nicht kennen?«

Naumann verzog ungläubig das Gesicht, dann begann sie zu lachen, erhob sich, »Also wirklich, Sie Scherzkeks, jetzt habe ich Sie durchschaut. Kommen Sie, geben Sie mir das Geld und ich verschwinde wieder.«

Noak warf Gronwald einen verwirrten Blick zu, irgendwie redeten sie alle aneinander vorbei, jeder in eine andere Richtung, obwohl sie sich ansahen, Gronwald verstand sowieso nicht, worum es hier ging, doch plötzlich erhellte sich ihr Gesicht, sie sprang auf.

»Frau Naumann, haben Sie die Frau schon einmal gesehen, die im Nebenzimmer sitzt? Frau Richter?«

Waren die hier alle meschugge?, überlegte die Pizzabotin, am Besten sie antwortete, geradeheraus: »Auch auf die Gefahr hin, dass ich Ihnen auf den Leim gehe oder Sie mit der versteckten Kamera unter einer Decke stecken, aber die Frau vor der Tür ist hundertprozentig keine Frau Richter.«

»Aber wer soll sie denn sonst sein?« Noak wirklich verzweifelt, was hatte das jetzt wieder zu bedeuten, konnte hier keiner einmal ein klares Wort sprechen, klar, klein und deutlich mit den Auswirkungen einer Lawine, einfach nur ein Wort sagen, eine Antwort geben, die Verwirrung klären?

»Na, Frau Liebhardt natürlich. Ein toller Körper, nicht? Wie ich es Ihnen gesagt habe.«

Noak und Gronwald starrten sie an, als wäre sie eine Erscheinung, nicht wahr, nur eingebildet, als hätte sie niemals die Worte ausgesprochen, die soeben an ihre Ohren gedrungen waren und obwohl das »Warum?« immer größer wurde, fühlte Noak, dass dies die Lösung zu dem Rätsel war, und Frau Naumann hatte ihnen den Schlüssel dazu geliefert, musste man nur noch überlegen, warum Wyssada gelogen hatte, aber egal, ganz egal.

Noak sprang an Frau Naumann vorbei, riss die Tür auf.

»Ostenwaller, wo ist Frau Richter?«

162

»Sie ist vor ein paar Minuten gegangen.«

»Was?«

Noak hechtete zurück zu seinem Telefon, sie waren so nahe davor, so nahe und dann lief die plötzlich Hauptverdächtige ihnen vor der Nase weg, dass ihm so etwas passieren musste, immer ihm, sein Leben stand unter einem schlechten Stern.

»Herr Großmann, ich brauche sämtliche verfügbaren Streifen und einen Haftbefehl gegen Frau Richter, die in Wirklichkeit Frau Liebhardt ist!« brüllte er in den Hörer, »Lassen Sie den Flughafen überwachen, sperren Sie die Autobahnen und das schnell!«

Er ließ den Hörer wieder auf die Gabel fallen und bemerkte erst jetzt, dass ihn Frau Naumann entgeistert ansah.

»Sie haben uns wirklich sehr geholfen«, sagte er und lächelte, ein echtes, erleichtertes, anerkennendes Lächeln, das sie erwiderte. Dann streckte sie die Hand aus, mit der Handfläche nach oben, »Ich muss trotzdem weiter. Haben Sie das Geld?«

»Holen Sie es sich von Frau Leine, bitte. Wir klären den Rest das nächste Mal.«

Naumann hob grüßend die Hand und verließ den Ort des Finales, den Ort der Begeisterung, des Sieges, des Triumphes, an ihre Stelle trat Großmann.

»Was glauben Sie eigentlich, Noak? Sind Sie nun vollkommen durchgeknallt?«

»Stellen Sie sich vor, wir haben das größte Frageczeichen in ein Ausrufezeichen verwandelt und Richter in Liebhardt gemorpht und da tun sich Motive auf, Herr Großmann, die können Sie sich gar nicht vorstellen!«

»Sie haben die Genehmigung für die Streifen. Den Flughafen sollen Ihre Leute informieren, ich habe schließlich Anderes zu tun.«

»Trientje?«

»Ja, schon gut.« Sie griff nach dem Telefon.

»Sosinski wird auch demnächst hier eintreffen. Dann steht dem Haftbefehl nichts mehr im Wege.«

»Danke, Herr Präsident«, sagte Noak, »Ostenwaller!«

»Ja, Chef?«

»Rufen Sie Liebhardt und Wyssada an. Sie sollen sich mit oder ohne Anwälte hier einfinden.«

»Geht in Ordnung, Chef.«

»Und sagen Sie Leine, sie soll im Labor Druck machen. Wir brauchen die DNA-Analyse von Frau Liebhardt.«

»Ja, Chef.«

»Haben Sie sich das jetzt gemerkt?« Man konnte nie wissen, dachte Noak, besser noch einmal nachfragen.

»Ich soll Liebhardt und Wyssada und das Labor anrufen. Richtig?«

»Sehr gut, Ostenwaller und nun an die Arbeit.«

»Ich nehme an, Sie werden mir die Einzelheiten später erklären«, meinte Großmann und verließ den Raum, hier ging es ja zu wie in einem Irrenhaus, das war ja nicht auszuhalten, er bewunderte jeden, der in einer solchen Atmosphäre arbeiten konnte.

»Wenn Wyssada und Liebhardt eintreffen, bring die beiden bitte in separate Befragungszimmer«, bat er Gronwald, setzte sich und begann guter Dinge seine Pizza zu essen, ja so eine Pizza war wirklich etwas

Feines, ganz nach seinem Geschmack und die Liefe-
rantin war auch nicht übel, ja, das Leben war wieder
ein wenig besser geworden, zufriedener, wenn es so
weiterging hatten sie den Fall bis zum Abend gelöst
und Großmann konnte Finke anrufen und ihm mitteilen, dass seine Versicherung wieder einmal davon-
gekommen war, eigentlich müsste man diese Versicherungen ja verklagen, die heimsten immer nur ein
und das ohne mit der Wimper zu zucken, aber wenn
sie mal etwas zahlen sollten, verhielt es sich ganz
anders, da zuckten sie zwar auch, aber mit gezinkten
Karten, da kam dann das Kleingedruckte zum Vor-
schein, das »in diesem Falle zahlt die Versicherung,
wie hier ausdrücklich angeführt, nicht, da ... und
blablabla«, ja so waren sie die Versicherungen, aber
gut, in diesem Fall handelte es sich wahrscheinlich
um Versicherungsbetrug, das war etwas Anderes, das
war ein Verbrechen und da konnte man verstehen,
dass die Versicherung nicht zahlte, wäre so, wie wenn
ein Dieb in einem Autohaus einen Wagen stehlen
würde und der Autoverkäufer ihm dafür auch noch
den Kaufpreis erstattete, das grenzte an Dummheit
und würde keiner machen.

So saß er da, der Noak, mit der Welt im Einklang,
das Leben war wieder gut, wieder schön und bald
noch viel schöner, denn wenn der Liebhardt Fall
aufgeklärt war, würde er sich ein paar Tage frei nehmen, sozusagen aufholen, was man ihm letzte Woche abgezwackt hatte, aber zuvor gab es noch eine
kleine Hürde zu nehmen, nämlich die Frau Liebhardt
Hürde, aber das würde kein Problem darstellen, jetzt
nicht mehr, er war schließlich Jakob Valer Noak, Po-

lizeihauptkommissar und zwar nicht nur einer der sich beim Blumengießen auskannte, nein, er war ein Jäger des Verbrechens, ein Exorzist des Bösen, ein Krieger im Dschungel der Kriminalität, ein Frodo inmitten mordender Orks auf dem schmalen Weg der Rechtschaffenheit, ja das war er, die Wahrheit war seine Berufung und es würde immer so bleiben, konnte kommen was wollte, er würde sich nicht ab-bringen lassen von diesem Pfad, seine getreuen Ge-fährten an der Seite: Gronwald, Leine, Ostenwaller, Mansour, Kathun, Novak von ihm aus, Jansen und Großmann, wenn es sein musste – sie alle nur dafür da, ihn zu unterstützen, zu stärken, ihm den Weg zu erleichtern …

»Weshalb grinst du so einfältig?«

Gronwald.

»Ich habe gerade darüber nachgedacht, ob dein Mann immer einen vollen Mund hat, nachdem er dich geküsst hat.«

»Was?«

»Na, wegen dem dichten Haarwuchs auf deinen Zähnen.«

Einige Sekunden lang starrte sie ihn verständnislos an, dann begann sie zu lachen.

»Das habe ich wohl verdient«, meinte sie und griff nach dem Telefon, das in diesem Moment schrillte.

»Wir haben sie«, sagte Gronwald, nachdem sie auf-gelegt hatte, »Frau Liebhardt war auf dem Weg zum Flughafen, als die lieben Kollegen sie abpassten. Hast du dir eigentlich schon Gedanken darüber gemacht, wer dann die Leiche ist?«

»Frau Richter, nehme ich an, aber das wird sich bald klären.«

So hing jeder seinen Gedanken nach, als Leine eintrat.

»Liebhardt ist eingetroffen, ohne Anwalt übrigens. Sitzt in Besprechungszimmer 04.«

»Danke«, sagte Noak, »machen Sie ruhig Feierabend. Ist schon spät.«

»Jetzt wo's spannend wird«, schmollte Leine.

»Erstens, ist es schon die ganze Zeit spannend und zweitens kann ich nicht riskieren, dass sie während eines wichtigen Verhörs hier hereinplatzen. Also genießen Sie die freien Stunden!«

Wieder das Telefon. Diesmal Mansour.

»Die DNA von Frau Liebhardt stimmt mit der ersten Probe die wir gemacht haben überein und nicht mit der der Leiche. Was jetzt?«

»Keine Sorge, Mansour, der Fall ist so gut wie gelöst, gehen Sie nach Hause und grüßen Sie Shabaz schön, sollten Sie ihn treffen. Morgen werde ich Ihnen alles erzählen.«

»Ihnen auch einen angenehmen Abend, Noak, ach ja und grüßen Sie die Pizzabotin, sollten Sie wieder bei ihr vorbeischauen.«

Ein schräger Blick zu Gronwald. Was hatte er vor einigen Tagen festgestellt? Die Buschtrommeln funktionierten innerhalb dieser Mauern einwandfrei? Noch viel besser, eine Schallwelle war ein Lerchengeschiss gegen diese Lichtgeschwindigkeit an Informationsaustausch! Irgendwann würde er Gronwald erwürgen oder noch besser, ihr einfach seinen Platz hinterlassen, wenn er beschloss an irgendeiner Wand

Enten zu füttern – sollte sie sich doch mit dem Haufen hier herumärgern und am meisten mit sich selbst!

Bevor Noak die Tür zu dem Verhörzimmer öffnete, in dem Frau Liebhardt saß, atmete er tief durch, Gronwald klopfte ihm aufmunternd auf die Schulter, in der anderen Hand den Haftbefehl, den Sosinski genehmigt hatte, ja, man konnte sich schon auf Gronwald verlassen, sie war durchaus in Ordnung, dann drückte er die Klinke mit sicherer Entschlossenheit nach unten, die Zielgerade lag vor ihm, aber was dachte er da, er zitierte schon fast Großmann, der hatte doch auch von einem Ziel gesprochen, das er innerlich so vehement abgelehnt hatte, aber doch, ein bisschen hatte es schon was von einem Ziel – das Hochgefühl nur noch wenige Meter entfernt, in diesem Raum, in den nächsten Stunden.

»Na, Frau Richter, wo wollten Sie denn hin? Oder soll ich besser Frau Liebhardt sagen?«

»Diese blöde Pizzatussi«, murmelte die Angesprochene vor sich hin und setzte ein unverbindliches Lächeln auf, »Ich weiß nicht, wovon Sie sprechen.«

»Interessant«, meinte Noak, setzte sich, Gronwald neben ihm, »die gleichen Worte hat Ihr Mann ebenfalls zu mir gesagt. Ist schon eine Weile her. Er denkt noch immer, dass Sie in dem Haus verbrannt sind, aber das stimmt nicht, es war Frau Richter, deren Identität Sie jetzt angenommen haben.«

»Was wollen Sie von mir?«

»Das Warum.«

»Das kann ich Ihnen nicht geben, da ich nicht weiß, wovon Sie eigentlich sprechen. Sie haben doch gesehen, dass Wyssada mich erkannte und als Frau Richter identifizierte.«

»Wyssada ist auf dem Weg hierher. Wir werden bald herausgefunden haben, weshalb er uns anlog. Vielleicht sollten wir Ihren Mann hereinbitten, er wird sicherlich wissen, wie seine Frau aussieht.«

Sie begann mit ihren Fingern zu spielen.

»Er hat mich betrogen, wussten Sie das? Mit meiner besten Freundin.«

»Das ist bitter«, mischte sich jetzt Gronwald ein, »und uns bekannt.«

Es klopfte an der Tür, Gronwald öffnete, es war Ostenwaller. »Wyssada ist eingetroffen.«

»Übernimm du das, Trientje, du weißt ja, was wir wissen möchten. Ostenwaller, Sie bleiben hier.«

Schneller Wechsel.

»Und weiter?«

»Ich überlegte, wie ich den beiden diesen schweren Verrat heimzahlen konnte und kam auf die Idee mit dem Brand.«

»Sie haben doch nicht gedacht, dass Sie damit durchkommen?«

»Wenn es ein banaler Brand gewesen wäre, nicht, doch wie Sie sicherlich herausgefunden haben, legte ich sämtliche Hinweise, die meinen Mann belasteten. Abgesehen davon war ich davon überzeugt, dass man eine Tote nicht verdächtigen würde, an deren Stelle ich ein neues Leben führen wollte.«

»Deshalb baten Sie Ihren Freund Wyssada, Frau Richter zu kündigen, damit es nicht auffiel, wenn sie von der Arbeit fernblieb.«

»Ja.«

»Danach gingen Sie in Ihre Wohnung, klebten das »Post-it« an den Spiegel, stellten ein Bild von sich selbst und Ihrem Mann auf den Schreibtisch, zertrümmerten zuvor noch das Glas, schrieben einen erklärenden Brief an Frau Konrad, plünderten das Bankschließfach und machten sich aus dem Staub.«

»Ich bin beeindruckt.«

»Aber bevor Sie das alles tun konnten, mussten Sie ihren Mann dazu bringen, den Tresor zu demolieren. Die Schulden?«

»Ich erfand sie. Simeon hat sich nie für mich interessiert, so wollte er nicht einmal wissen, wo ich die Schulden gemacht hatte, er war nur entsetzt von unserem finanziellen Ruin und ließ sich zu dem Plan mit der Brandstiftung überreden.«

»Aber Sie liebten Ihre Gemälde und wollten sie nicht dem Feuer überlassen.«

»So verliehen wir sie an unterschiedliche Museen.«

»Kein Wunder, dass wir uns so lange mit unseren Ermittlungen im Kreis drehten«, meinte Noak zu sich, da ging die Tür auf und Gronwald winkte ihn auf den Gang.

»Das Übliche, Wyssada hat gelogen, um sie zu decken, klar soweit? Er muss wohl in diesem Augenblick begriffen haben, wer der wahre Täter, oder besser gesagt die wahre Täterin ist. Er behauptet, sie zu lieben.«

»Er wird eine Anzeige wegen Irreführung der Justiz erhalten. Sonst noch etwas?«

»Nein. Er hat mit der Sache nichts zu tun.«

Gemeinsam betraten sie wieder den Raum, Frau

Liebhardt saß kerzengerade auf ihrem Stuhl, starrte vor sich hin, bewegte sich nicht, die betrogene Frau, die hasserfüllte Frau, die Frau, die man nicht hintergehen durfte, ohne mit den Konsequenzen leben zu müssen. Vergeltung um jeden Preis, sei es gerechtfertigt oder nicht. Ihre graublauen Augen blickten kalt. Kalter Rauch, dachte Noak, das muss am Lichteinfall liegen.

»Also, Frau Liebhardt, wie war das mit Frau Richter?«

»Ich weiß nicht, wie Melanie in mein Bett kam.«

»In Ihr Bett? Woher wissen Sie das?«

Frau Liebhardt biss sich auf die Lippen.

»Abgesehen davon brauchten Sie eine Leiche, um Ihre eigene Identität sterben zu lassen und Ihren Mann noch mehr zu belasten. Na, los, geben Sie sich einen Ruck, dann haben Sie es hinter sich!«

Gronwald mit warmer Stimme, wie eine Schwester, ich will dir nur Gutes, schwang in der Tonlage mit, vertraue mir, es gibt nichts zu befürchten. Kurz wand sich Frau Liebhardt innerlich. Einen Brand zu gestehen war eine Sache, einen Mord, eine andere. Sie schluckte.

»Wird mir das vor Gericht helfen?«

»Natürlich. Jedes Wort«, beteuerte Gronwald und Noak nickte.

»Also gut, ich werde es Ihnen sagen. Aber Sie müssen verstehen, es war wirklich schwer für mich. Sie war einmal meine beste Freundin … Aber was sollte ich tun? Sie musste sterben für das, was sie mir antat, um mir so ein neues Leben zu schenken. Deswegen erzählte ich ihr, dass ich bereits am Montag Abend nach Frankfurt fliegen würde, da der Anschlussflug in die Vereinigten Arabischen Emirate sehr früh am nächsten Tag ginge. Wie erwartet, nutzte sie die Möglichkeit, um Simeon zu überraschen. Sie tat das immer, eine Nachbarin hat das beobachtet und mir erzählt. Kaum war ich aus dem Haus, schlüpfte sie in sein Bett. Sie rechnete nicht damit, dass ich zurückkam, ein Messer in Händen und sie bedrohte. Ich befahl ihr, sich in mein Bett zu legen und fesselte sie an den Bettrahmen, schloss mein Armband um ihr Handgelenk, goss auch Benzin über sie und das Bett. Dann ging ich einen Stock tiefer, in den Raum, wo Simeon wie vereinbart bereits den Tresor demoliert hatte, schüttete auch hier Benzin auf den Boden und das Mobilar, öffnete mehrere Fenster, trat ins Freie, entzündete eine Fackel die ich bei einem Baumarkt erstanden hatte und warf sie ins Innere. Die ganze Zeit, als ich auf der Flucht war, hörte ich in Gedanken Melanies Flehen, ich möge sie verschonen, ihre Schreie um Hilfe, bevor ich sie knebelte, sah ihr angstverzerrtes Gesicht vor mir, es war einfach schrecklich.«

Noak blickte zu Ostenwaller und gab ihm ein Zeichen.

»Was Chef?«

Der Mann verstand auch gar nichts.

»Holen Sie Liebhardt.«

»Muss das sein?« Frau Liebhardt sprang auf, Tränen rannen über ihre Wangen, Gronwald stürzte an ihre Seite, um eine Flucht zu verhindern, doch die Frau war viel zu aufgelöst, um sich zu wehren, so lehnte sie sich schwach an die Kommissarin und begann zu schluchzen.

»Ich wollte es nicht, wirklich, aber als ich das von Melanie und Simeon erfuhr, war alles leer in mir. Den Plan auszuhecken war das Einzige, was mich noch am Leben hielt.«

Die Tür öffnete sich, Ostenwaller trat ein, hinter ihm Liebhardt, der blieb abrupt stehen, als er seine Frau erkannte, starrte sie an, fassungslos, vollkommen verstört, »Clarissa?«

Sie stürzte zu ihm, vergrub den Kopf an seiner Schulter, klammerte sich an seinen Hals, »Es tut mir leid, ich wollte das nicht. Aber als ich das von Melanie und dir erfahren habe, ist eine Sicherung in mir durchgebrannt.«

»Wo ist Melanie jetzt?«

»Sie verbrannte in Ihrem Haus, Herr Liebhardt, ich bedauere Ihren Verlust aufrichtig«, Noak erklärend.

Liebhardt stieß seine Frau von sich. »Du warst es? Du hast sie umgebracht?«

Frau Liebhardt presste schluchzend die Hände auf ihren Mund, brachte ein Nicken zustande, ein Häufchen Elend, dachte Noak, aber das hättest du dir vorher überlegen müssen, Verbrechen zahlt sich leider nicht aus. Leider? Gott sei Dank, obwohl, irgendwie hatte sie schon ihre Gründe, die Frau Liebhardt, die in gewisser Weise nun für den Seitensprung ihres Gatten büßen musste, der ja schließlich mit seiner Untreue den Stein ins Rollen gebracht, den tödlichen Plan im Kopf seiner Frau entstehen lassen hatte und ungeschoren davon kam, wenn man den Verlust einer Geliebten als das bezeichnen konnte – hatten also alle etwas verloren:

Frau Liebhardt ihre Freiheit, Herr Liebhardt seine Geliebte und sein Haus und Frau Richter ihr Leben. Kam halt nichts Rechtes raus, bei der Selbstjustiz.

»Darf ich gehen?« fragte Liebhardt zu Noak gewandt.

»Interessieren Sie sich nicht für die Details?«

»Nein.«

»Sie sind ein freier Mann, Herr Liebhardt.«

»Ich begleite ihn hinaus«, sagte Gronwald schnell und öffnete dem Mann die Tür. Sie konnte sehen, wie sehr er litt, und umfasste seinen Oberarm.

»Es wird besser werden, mit der Zeit, Herr Liebhardt. Es wird schon wieder.«

Er nickte abwesend, öffnete die Tür der Polizeidienststelle und trat ins Freie. Eine andere Welt. Sie hatte sich verändert und die Routine hinter sich zurückgelassen und plötzlich fühlte er sich unsicher und verlassen, da sah er Wyssada ein wenig entfernt stehen. Er blickte zu Liebhardt und setzte sich langsam in seine Richtung in Bewegung.

»Verdammt Simeon«, sagte er, das war ein Anfang, »Du wohnst erst einmal bei mir.«

Nachdem Frau Liebhardt abgeführt worden war trat Noak ans Fenster und blickte ins Freie.

»Du bist ein guter Polizist, Valer«, stellte Gronwald hinter ihm fest, ja, das war er wirklich – so gut!

»Ich weiß.«

»Aber nur halb so gut ohne uns, klar soweit?«

Noak drehte sich um und blickte in das grinsende Gesicht seiner Kollegin.

»Stimmt Chef«, kam es nun von Ostenwaller, der

noch immer neben der Tür stand, und Noak überlegte, warum sie ihm jeden Triumph vermiesten,
diese Menschen, die sich Kollegen schimpften und
ihn nicht einfach ein bisschen in seinem Glück
schwelgen lassen konnten, sozusagen in der Sonne
seines Erfolges, nach getaner Arbeit.

»Gehen wir was trinken«, meinte Noak nur, »und
danach, nehme ich mir frei und setze erst nächste
Woche wieder einen Fuß in dieses Haus.«

Einträchtig traten sie hintereinander in die kühle
Nachtluft, es roch nach Frühling, einem neuen Anfang, einem Erwachen zu neuem Leben hier und
jetzt, in dieser Stadt. Ja manchmal, dachte Noak,
machte es richtig Spaß.

12.03.05

Zu guter Letzt:

Mein aufrichtiger Dank sei nun an dieser Stelle folgenden Personen gewidmet, die diese Odyssee durch den Dschungel deutscher Verbrechensbekämpfung mit ihrer Kritik und Kreativität, sowie äußerster Geduld und großem Zeitaufwand, ermöglicht und manch langem Satz oder undurchschaubaren Noak-Gedanken, erst den letzten Schliff gegeben haben:

Dr. Wilhelm und Erna Maier, deren akribische Lektorenarbeit wie immer ein Autorenherz aufs höchste erfreut;

Günther Reinthaler, dessen Talent zu gleicher Arbeit viel zu lange unentdeckt geblieben ist – von nun aber nicht mehr vermisst werden möchte – nicht nur wegen fachkundiger Randnotizen;

Holger und Gaby Kaps, die in unwahrscheinlicher Geschwindigkeit österreichische Ausdrücke durch deutsche ersetzten (Putzerei – Reinigung) und mir mit ihren Ortskenntnissen nicht nur für diesen Krimi inspirierend zur Seite standen und stehen (abgesehen davon sind sie die Schöpfer des Titels für dieses Buch, dessen Arbeitstitel »Feuertod« lautete);

Polizeihauptkommissar Joachim Kowalski, der mir geduldig sämtliche Fragen zu deutscher Polizeiarbeit beantwortete und mich während eines Spanienurlaubs mit Anekdoten inspirierte (ich bräuchte da wieder ein paar ...);

Doris Reinthaler, deren Geduld so weit ging, einer Lesung per Telefon zuzustimmen, bis sie sogar vor Erschöpfung (krankheitsbedingt) einschlief, mich aber immer wieder ermutigte und zum Weiterschreiben aufforderte und mit ihrem Glauben an meine schriftstellerischen Fähigkeiten (ob gerechtfertigt oder nicht) immer wieder große Beiträge zum Gelingen eines Romans beiträgt,

Claudia Reinthaler für das großartige Titelbild und ihre fantastischen Ideen in diesem Zusammenhang;

Dr. Werner Korb, der nach einer Schreibsession herhalten und sich ebenfalls lauschend, manchen Abend vertreiben musste (obwohl er meine Schreibereien wirklich lieber selber lesen würde);

Nicolas Korb, meinem süßen Sohn, der zu mancher Abendstunde nur seinen Vater zu Gesicht bekommt und mich meistens bereitwillig mit meinem Notebook teilt;

und zu guter Letzt sämtlichen Fernsehsendern für ihre informative Berichterstattung zu sowohl kriminaltechnischen, als auch medizinischen Vorgehensweisen bei der Aufklärung mysteriöser Fälle (besonders die Obduktionen Außerirdischer scheinen ausgesprochen sinnvoll).

Ich bin euch allen überaus dankbar für Zeit und Mühe die ihr in diese Seiten gesteckt habt und auch Noak läßt erstaunlich freundlich grüßen ...

Edith Suzanne Réko
Markkleeberg, 10. Juni 2005